Neulich …

Der fünfte Band enthält sämtliche
Neulich-Geschichten von Bodo Jeske.
Es sind die kleinen Dinge des Lebens, die ihre
wohlverdiente Aufmerksamkeit bekommen.
Ob Lippenstift, Kugelschreiber, Zahncreme,
Toilettenpapier, Grünkohl, Eierschalen, ein
Rudergerät, Glück, Einsamkeit oder Wünsche
… alles wurde einzigartig beschrieben und
erst n e u l i c h dem Alltag abgelauscht.

Bodo Jeske

25 Texte

Neulich …
dem Alltag abgelauscht

*Bibliografische Information der Deutschen
Nationalbibliothek:
Die Deutsche Nationalbibliothek
verzeichnet diese Publikation in der
Deutschen Nationalbibliografie; detaillierte
bibliografische Daten sind im Internet über
http://dnb.dnb.de abrufbar.*

*© Copyright 2024 Bodo Jeske, Berlin
Autorenfoto © Copyright R. Jeske, Berlin
Umschlaggestaltung: © Bodo Jeske, Berlin
Verlag: BoD · Books on Demand GmbH,
In de Tarpen 42, 22848 Norderstedt
Druck: Libri Plureos GmbH,
Friedensallee 273, 22763 Hamburg
ISBN: 978-3-7597-8319-6*

Es sind kurze Geschichten, die vielleicht so geschahen. Aber sind sie wahr, halb wahr oder komplett erfunden?

Alle Figuren, Handlungen und Schauplätze in Europa sind in diesen Texten frei erfunden. Ähnlichkeiten mit lebenden oder toten Personen sind unbeabsichtigt.

Inhaltsverzeichnis

Frau Lehmann

Neulich … hat meine Frau wieder alles kaputt gemacht. – Nein, so kann ich das nicht stehenlassen. Erstens stimmt es nicht und zweitens *hasse* ich die Ich-Form in Geschichten. Dann denkt doch jeder gleich: Ah, *seine* Frau macht immer alles kaputt. Folglich gebe ich meiner Frau in den Geschichten einen anderen Namen. Einen anderen *Familien*namen. Ich nenne sie zum Beispiel Frau Lehmann, und dann weiß jeder: Ah, Frau Lehmann macht immer alles kaputt. – Das find' ich gut, klingt doch etwas distanzierter. Es ist ja eine *andere* Frau, nicht meine. Und über eine andere Frau lässt es sich leichter herziehen. *Herziehen?* Wie sich das anhört. Sagen wir mal *berichten*. Besser noch *erzählen*: Also, Frau Lehmann macht immer alles kaputt, aber nur, weil sie alles ganz genau wissen will …

Da schneite ihr neulich ein Kugelschreiber ins Haus. Das heißt, er schneite nicht und schon gar nicht in ihr *Haus*, denn Frau Lehmann hat gar kein Haus, sondern eine Wohnung. Jedenfalls war der Kugelschreiber einfach da, sah wunderschön aus, schrieb toll, hatte so einen ganz dünnen Strich. Neudeutsch: *Fineliner*. – Ach, hätte Frau Lehmann ihn nicht einfach benutzen, ihn ansehen und sich an ihm erfreuen können? Aber nein, sie musste ihn aufschrauben, um zu sehen, wie die Mine aussieht und alles so funktioniert. Tja und das wars dann. *Auf* ging nur unter Gewaltanwendung und *wieder zu* schon gar nicht. Auch war die Mine nicht einzeln zu gebrauchen. Es wurde ein Fall für den Mülleimer (orangene Tonne natürlich). Frau Lehmann war traurig, ebenso ihr Mann. Sie einigten sich: Sollte noch einmal so ein schöner Kugelschreiber in ihr Leben treten, dann würden seine Innereien erst untersucht werden, wenn er wirklich leergeschrieben war. – Ja, so wie im Leben. Da schaut man ja auch erst richtig rein, wenn kein Leben mehr drin ist. Bei unnatürlichem Tod zum Beispiel; oder weil es vorher einfach keine Anzeichen oder keine Schmerzen gab. Also: Reinschauen erst nach dem Ende.

Weiter mit Frau Lehmann: Sie hat wieder etwas geöffnet. Aber diesmal war er bereits *am Ende*. Ihr Lippenstift. Genügend Masse war noch zu sehen, ließ sich aber nicht weiter herausdrehen. Sie hat das Ding geöffnet. War alles sehr interessant. Sie würde den Stift natürlich ganz anders bauen. Nämlich so, dass *frau* alles bis zuletzt gebrauchen kann. Es ist doch schade um so viel Restmasse in einem Lippenstift!

Plötzlich klingelte es an der Wohnungstür: Eine Unterschriftenaktion von irgendwelchen Umweltschützern. Sie forderten alle auf, weniger Müll zu produzieren. Na da waren sie bei Frau Lehmann doch an der richtigen Adresse. – Als sie wieder fort waren, hielt Frau Lehmann einen neuen Kugelschreiber in der Hand. Er war aus Holz und auf ihm stand: Nachhaltig arbeiten und leben. – So einen hatte Sie noch nicht, blieb aber stark.

Jetzt bin ich fertig. Mit Frau Lehmann. Für heute. Dabei fällt mir ein, wenn Frau Lehmann meine Frau ist, dann bin ich ja Herr Lehmann. Aber *den* gibt es schon. Herr Lehmann ist durch Sven Regeners Roman vergeben. Gut, dann bleib ich eben … Bodo Jeske.

Eierschalen

Neulich … saßen an einem ganz normalen Sonntag Horst-Herbert und seine Frau am Frühstückstisch, als es geschah.

Für jeden gab es ein Ei. Sie mochte es weich, er lieber hart. Auch diesmal waren sie perfekt gekocht.

Während es für ihn nur der Punkt eins auf der sonntäglichen To-do-Liste war, genoss sie das Frühstück, ließ sich, wie immer, Zeit beim Essen und er, Horst-Herbert, kämpfte mit seinem Labrador-Gen. Er war ein Schlinger und ständig eher fertig. Er solle langsamer essen, länger kauen. Aber auch diesmal gelang es ihm nicht.

Bereits fertig, saß er am Tisch, schaute sich um, suchte den Brotkorb nach Krümelchen ab, goss sich Kaffee nach und begann, die Eierschalen ganz langsam und fast pedantisch, zu zerdrücken, damit sie später auf dem Komposthaufen schneller zerfallen würden.

Dies beobachtete seine Frau und sagte spontan: *„Das wird mir fehlen!"*

„Ja, was war denn das eben?", fragte er entsetzt.

Ihr Paartherapeut, den sie seit zwei Jahren reich machten, riet ihnen zu üben, was die Konversation anginge. Niemand solle den anderen verletzen, beleidigen, korrigieren … zumal sie ja genauso dachten, oft dasselbe meinten, es manchmal nur anders ausdrücken würden. Aber hin und wieder passierte es … und ein paar Worte schlüpften, wie gerade eben, heraus. Dann war der andere, gelinde gesagt, verschnupft.

„Du meinst also, ich sterbe von dir?", brachte es Horst-Herbert auf den Punkt.

„Nein, um Gottes Willen, das habe ich nicht so gemeint", sagte sie.

„Ah, nicht so gemeint? … dann wird es ja immer schlimmer. Du sagtest: *Das wird mir fehlen.* Wenn du also nicht meinst, dass ich vor dir sterbe … dann willst du dich von mir trennen? – Gut, wenn das *so* ist: Sag nur rechtzeitig Bescheid, damit ich mich darauf einstellen kann. Es ist nicht einfach, eine Wohnung zu finden."

„Aber nein, nein, nein."

„Auch gut, wenn das auch nicht zutrifft. Aber wie kommst du darauf zu sagen: *Das wird mir fehlen!* Hattest du eine Eingebung? Einen Kontakt mit dem da oben? Und er hat dir gesteckt …, dass etwas passieren wird mit mir. Ein Unfall? Und du musst nur warten?"

„Nein, das war ein Zufall …"

„Ah, *zufällig* hast du von meinem baldigen Ableben erfahren?"

„Es war ein Zufall, dass mir die Worte so rausgerutscht sind."

„Glaub ich nicht. Du hast sie dir sehr wohl überlegt, sie wohnten quasi in deinem Kopf und jetzt, nur weil mal kurz ein Türchen aufstand, sind sie herausgepurzelt."

„Nein. Du unterstellst mir da etwas. Ich sorge mich um dich, wenn … und überhaupt."

„Wenn was?"

„Na, wenn du es mit den Händen hast, Gicht zum Beispiel, eine schlimme Sache, dann kannst du diese Eierschalen nicht mehr so pedantisch zerdrücken."

„Ach, *so* hast du das gemeint! – Wie kommst du eigentlich auf Gicht? Weißt du mehr als ich? Hast du meine letzten Laborwerte gesehen und etwas entdeckt?"

„Nein, ich habe keine Vorahnung … ich sorge mich nur."

„Gut. Wenn das alles ein Missverständnis war, dann vergessen wir die ganze Sache. Und ich erzähle dir auch nicht von meinen Sorgen, die ich mir mache."

„Du machst dir Sorgen?"

„Ja, um dich …"

„Du sorgst dich um mich? Das ist aber lieb von dir!"

„Ja, ich mache mir Sorgen, weil du dir Sorgen um mich machst. Obwohl es dafür keinen Grund gibt. Bis auf die Gicht zum Beispiel. Aber es gibt auch dafür eine Lösung", sagte Horst-Herbert und lächelte sie an.

Dann stand er auf, ging zum Apothekenschrank und kam mit Mörser und Stößel zurück, nahm die Eierschalen und zerrieb sie zu feinem Kalk.

Der Rollator-Mann

Neulich … hielt ich auf meinem Heimweg ausnahmsweise mal an einer anderen Kaufhalle. Dort fiel mir neben dem Eingang ein älterer Herr auf. Er saß auf seinem Rollator, blickte freundlich in die Gegend, hatte eine leergetrunkene Bierdose neben sich stehen und öffnete gerade eine zweite. Er bettelte nicht. Rauchte nicht. Ich nickte ihm kurz zu und nahm mir einen Einkaufswagen.

Nach dem Einkauf verstaute ich alles im Auto und brachte den Einkaufswagen zurück. Der Mann saß noch immer da und ich fragte ihn beiläufig: „Na, wer hat Sie denn hier vergessen?"

„Ach", sagte er, „ich bin ja so froh, dass Sie mich ansprechen. Wissen Sie, die meisten Leute übersehen mich einfach. Aber Sie schauen mit offenen Augen und sind sich nicht zu schade für ein Gespräch. Wissen Sie … ich will niemanden belästigen. Dabei unterhalte ich mich so gern. Zu Hause sitze ich in meiner Drei-Raum-Wohnung. Ganz allein. Da ist keiner. Vor sechs Jahren verstarb meine Frau. Seitdem starre ich nur noch die Wände an. Unsere Freunde haben sich zurückgezogen, mit mir allein können sie nichts anfangen. Ich will aber unter Leuten sein, gehe raus, bin an der frischen Luft. Auch mein Arzt sagt: Laufen, laufen. Sonst müssen wir den einen Fuß abnehmen. Da hab ich NEIN gesagt … Früher war ich sogar Trainer hier im Kiez, hab die Kleinen betreut beim Turnen. Aber dann kamen jüngere Ausbilder und ich wurde nicht mehr gebraucht."

Ich fragte: „Gibt es denn hier keinen

Kiezklub? Also, wo *ich* wohne, gibt es einen mit ganz vielen Angeboten."

„Ja, klar. Bin lange zum Skatnachmittag gegangen. Aber meine Augen sind schlechter geworden. Mein linkes Auge ist von Geburt an fast blind. Und jetzt wird mein rechtes auch noch trüb. Ich sehe nur Umrisse. Kartenspielen geht nicht mehr."

„Lässt sich da nichts machen", fragte ich, „was sagt denn der Augenarzt?"

„Ach der", winkte er ab, *„der sagt: Wissen Sie, Herr Franke, Sie sind jetzt 83 Jahre, da kann man nichts machen. Das ist so. Altersbedingt."*

„Ich glaube", versuchte ich zu helfen, „Sie müssen sich eine Zweitmeinung einholen. Das kann doch nicht sein, dass Sie allmählich erblinden."

„Das sagt meine Tochter auch. Sie arbeitet als Kassiererin, aber in einer anderen Kaufhalle. Nein, … vor ihrer Halle setze ich mich nicht hin. Das mach ich nicht. Aber sie versorgt mich

regelmäßig mit Einkäufen, hat ja selbst kaum Zeit, hat Familie."

Gut, dachte ich. Da ist wenigsten jemand. Und telefonieren werden sie bestimmt auch miteinander.

„Das Schreckliche ist", erzählte er weiter, *„wenn ich wieder zu Hause bin, bin ich allein. Da ist niemand, mit dem ich reden kann. Soll ich mir selbst alles erzählen, wie es Wellensittiche machen, wenn sie sich im Spiegel sehen? Allein sein ist furchtbar. So stell ich mir Einzelhaft vor."*

Ich blickte betroffen nach unten.

Er sagte noch: *„Den ganzen Tag läuft bei mir der Fernseher mit dieser Werbung. Wissen Sie, wie schlimm das ist? Ich höre da schon gar nicht mehr hin. Will ja nicht verblöden."*

„Ach, man", stammelte ich und versuchte ihn aufzubauen, „etwas Schönes. Gibt es denn nichts Schönes für Sie?"

Er schüttelte den Kopf: *„Neulich hat meine Tochter die ungelesene Zeitung bei mir ent-*

deckt. Sie fragte, ob ich gar nicht mehr lesen würde? – Na wie denn, sagte ich. Mit meinen Augen geht das nicht mehr. Und vernünftig wie sie ist, hat sie das Abo abbestellt."

Ich nickte: „Hm."

Dann erzählte er: *„Vorgestern hab ich mich abends ins Bett gelegt mit einem Küchenmesser. Hatte es vorher geschärft … aber ich konnte es nicht."* Er deutete einen Schnitt quer über seine Kehle an. *„War zu feige. Dreiundachtzig bin ich jetzt, bald vierundachtzig. Aber einen Sinn hat das alles nicht mehr."*

Ich sah in seine wässrigen Augen. In den letzten paar Minuten hatte er mir von seinem Fuß, den Augen, der Tochter und immer wieder von der Einsamkeit erzählt.

„Wissen Sie", klagte er weiter, *„dieses Alleinsein, das ist so schlimm. Ich komme nach Hause und niemand ist da, mit dem ich reden kann."*

„Hm", hörte ich mich und dachte: Jetzt wiederholt er sich. Ich versuchte von ihm loszukommen, zog die Schultern verzweifelt hoch und sagte: „Bis morgen, ich komme wieder. Dann habe ich etwas mehr Zeit für Sie, Herr Franke."

Mit seinen trüben Augen lächelte er mich an: *„Danke, dass Sie mir zugehört haben."* Er überlegte und fragte schließlich: *„Woher kennen Sie eigentlich meinen Namen?"*

Amerika ist überall

Neulich … saß Peter Schubert wieder einmal grübelnd am Frühstückstisch. Er fragte sich, was heute alles schief gehen könnte? Karin las in den Sorgen ihres Mannes. Sie kannte ihn.

„Na?", fragte sie nur.

Das war ihre Einstiegsfrage.

„Naja", meinte er und überlegte, ob er schon jetzt mit seinen schwarzen Gedanken herauskommen sollte? Denn er war noch nicht ganz fertig mit dem Denken. Und Unfertiges mochte seine Frau nicht.

„Naja", begann er, „man soll doch positiv denken."

„Ja", sagte sie. *„Auch du!"*

„Ich weiß. – Aber die Nachricht hast du gehört?"

„Welche?"

„Stimmt. Es gibt da mehrere", gab Peter Schubert zu. „Ich meine die aus Amerika, wo sie das falsche Haus abgerissen haben."

„Ja. Ist dumm gelaufen da drüben hinterm Teich. Eben Amerika", meinte Karin, *„aber das kann hier nicht passieren. Bei uns könn' doch alle lesen und schreiben."*

„Genau", stimmte Peter ihr zu, „deshalb denke ich ja positiv: So etwas passiert hier nicht. Uns nicht. – Aber, wenn …?"

„Was, wenn?", seine Skepsis nervte sie, *„wir waren doch mit dem Chef der Abrissfirma vor Ort. Haben ihm alles gezeigt. Das Gartenhaus ist geräumt und die Anschlüsse sind gekappt. Strom, Wasser und Gas."*

„Stimmt", sagte Peter Schubert ruhig, „du hast recht. Eigentlich kann nichts schief gehen. – Aber wenn der Chef den

Auftrag weitergereicht hat? An einen Sub-Unternehmer?", warf er zögerlich ein, „da kannst du alles bis ins Kleinste besprochen haben … und trotzdem."

„*Der Chef ist verantwortlich*", sagte sie, „*mach dir keine Sorgen. Geh ruhig zur Arbeit. Es wird schon klappen.*"

„Hm, ja. – Für wen lassen wir es eigentlich abreißen?"

„*Was ist das für eine Frage? Wir wollen doch bauen und dann dort hinziehen.*"

„Stimmt. Und wir machen's nicht, um den Nachbarn zu ärgern?"

„*Wie?*", fragte sie entgeistert.

„Naja, Nachbars Haus ist doch viel älter und kleiner. Hat nicht mal ´ne Heizung. Und wenn der dann neidisch wird? Vielleicht sollten wir ihm den Vortritt lassen?"

„*Ach was. Wir haben's ihm erzählt, dass wir bauen und dann die Stadtwohnung aufgeben werden … aber, was soll das alles? Wir müssen uns doch nicht rechtfertigen … Punkt. Aus!*"

Das war ihre Schlussansage.

Peter Schubert übte sich in Zurückhaltung. Von seinem chaotischen Traum erzählte er lieber nichts: Er sah den Bagger auf dem Grundstück wüten, mit seinem Gewicht zerquetschte er die Wasserleitung, ein See bildete sich und beim Zurücksetzen riss auch noch die Gasleitung ab. Es knallte, der Bagger machte einen Satz, der Fahrer wurde aus seinem Gefährt geschleudert und prallte gegen den Rest des Gartenhauses. Blut floss, als Peter Schubert vorsichtig seine Augen öffnete und der Traum endlich zu Ende ging. – Alles Quatsch, alles nur geträumt! Was sorgte er sich überhaupt? Es gab keinen Grund. Und Freitag, der dreizehnte, war auch nicht. Alles war bedacht. Und für den Notfall hatten sie seine Handynummer.

Trotzdem saß Peter Schubert mit einem unguten Gefühl in seinem Büro. Er war unkonzentriert, starrte aus dem Fenster und fragte sich wiederholt, ob er hätte dabei sein sollen? Doch er bekam nicht frei. Ist ja auch ein schönes Gefühl, auf Arbeit gebraucht zu werden! Krankschreibung? Darauf war er nicht gekommen. Egal. Positiv denken. Es wird schon …

Als der Abriss fertig war, meldete sich der Baggerfahrer auf Peter Schuberts Handy. Er sprach gebrochenes Deutsch: *„Alles gut. Haus weg."*

„Und die Anschlüsse?", fragte Peter Schubert vorsichtig, „wurden die Anschlüsse nicht beschädigt? Ich meine: Strom, Wasser, Gas?"

„Nix kaputt. Alles schick. Strom und Wasser gut. Aber Gas nix da. Kein Gas."

Na toll, dachte Peter Schubert. „Ich hab es ja gewusst: Amerika ist überall."

Der Geschenkeladen

Neulich … hab ich meine Freundin angerufen und ihr berichtet: „Du, es gibt jetzt hier bei uns einen Geschenkeladen."

„Nein, wo denn?"

„Na, du kennst doch diese zwei Kaufhallen."

„Ja, klar."

„Genau. Und ich war in der einen drin und wurde tatsächlich beschenkt."

„Wie jetzt? Konntest du dir etwas aussuchen?"

„Nee, leider nicht. Und es gab auch keinen Hinweis. Nirgendwo ein Schild: Heute alles umsonst, oder so."

„*Alles umsonst? Ach man, du hättest mich doch anrufen können. Ich wäre rasch gekommen.*"

„Naja, hab es erst im Nachhinein gemerkt, quasi beim Bezahlen. Das heißt, da auch noch nicht …"

„*Och …, du machst das aber spannend. Erzähl doch mal richtig.*"

„Ich habe alles in den Einkaufswagen gelegt und dann aufs Band. Du kennst das ja, es wird gescannt, der Betrag wird einem gesagt …"

„*… und du bezahlst. Was ist dabei?*"

„Nun ja, also bereits beim Scannen kam es mir komisch vor."

„*Gehörst du auch zu denen, die alles genau kontrollieren, vielleicht noch den Bon … im Kassenbereich … und alle, die hinter dir stehen, verdrehen schon die Augen?*"

„Nicht ganz so schlimm; aber wenn du schon zu Hause bist, kannste nicht mehr reklamieren …"

„Hey, du bist ein echter Pfennigfuchser?"

„Nun ja, ich mag es nicht, beschupst zu werden. Wenn ich einen Artikel nur einmal kaufe, darf er auf dem Bon auch nur einmal erscheinen."

„So sollte es sein."

„Na siehste, sind wir uns doch einig. Bei mir hatte es aber beim Scannen ganz kurz hintereinander, also zweimal, gepiept."

„Das hast du bemerkt?"

„Ja, aber den Beweis, den Bon, hatte ich noch nicht in der Hand und es waren nur wenige Cent."

„Da hätte ich gleich was gesagt."

„Nun warte doch mal. Während ich noch überlegte, ob ich was sage, bemerkte ich, dass es beim Rüberziehen eines weiteren Artikels gar nicht piepte."

„Hm, also schon zwei Fehler."

„Jetzt musste ich blitzschnell entscheiden: Lass ich nach einem Foul das Match laufen, weil das weitere Spiel zu meinen

Gunsten verläuft, oder sag ich was?"

„Ich hätte das alles gar nicht bemerkt."

„Erst wenige Cent zu viel eingegeben, dann fast sechs Euro zu wenig ... das war für mich ein guter Schnitt. Ich blieb ruhig."

„Okay, jetzt verstehe ich ... du konntest dir kein Geschenk aussuchen ... es geschah einfach so."

„Ja. Aber es geht ja noch weiter: Die Summe des Einkaufs betrug 17,89 Euro. Ich überlegte, ob ich mit Karte bezahle oder in bar. Schließlich gab ich einen 20 Euroschein hin, sah auf dem Display: Restgeld 2,11 Euro. Dachte noch bei mir, nun kann nichts mehr schiefgehen."

„Ab jetzt wird's bestimmt langweilig."

„Weit gefehlt! Das Wechselgeld gab mir der Kassierer in die Hand, ich blickte kurz drauf, ließ es in meiner Jackentasche verschwinden, packte alles ein und verließ eilig den Laden."

„Oh, wie spannend."

„Halt, halt … nachdem ich mich weit genug entfernt hatte, holte ich das Geld hervor und zählte nach. Es waren genau 17,89 Euro. Der Betrag stimmte, aber der Typ hatte mir nicht das Wechselgeld, sondern den Rechnungsbetrag zurückgegeben."

„Das ist dir tatsächlich passiert? Wie durcheinander war d e r denn?"

„Keine Ahnung, vielleicht war er frisch verliebt?"

„Auf jeden Fall hat es sich für dich gelohnt. Grob geschätzt hast du für 18 Euro eingekauft, 20 gegeben, 18 zurück, macht einen Verlust von 2 Euro."

„Sag ich doch, wir haben jetzt einen Geschenkeladen."

„Unglaublich …"

„… aber weißt du, die Geschichte geht noch weiter!"

„Nee, oder?"

„Am darauffolgenden Tag wünschte sich meine Frau Nähmaschinengarn. Gab es in diesem Geschenkeladen und war im Angebot. Okay, dachte ich, das ist jetzt die Herausforderung. Und dann schau ich gleich mal nach, ob dieser Kassierer bereits entlassen worden ist …"

„Geht das so schnell?"

„Keine Ahnung. Ich stell mir vor, abends wird die Kasse geprüft; und wenn da etwas nicht stimmt …"

„… muss er es ausgleichen."

„Ja, gut möglich. – Jedenfalls saß er nicht mehr an der Kasse, er füllte Regale auf. Ich suchte meine Garnrollen, fand sie und ging zur Kasse. Sie war gerade unbesetzt. – Und flugs eilte er herbei, schwang sich auf seinen Stuhl und lächelte mich an. 9,98 Euro sollte ich zahlen und legte diesmal einen 50-Euro-Schein hin. Er prüfte ihn sogar unter so einem Blaulicht-Gerät und war zufrieden. Rückgeld: 40,02 Euro."

„Klare Sache. Da kann nichts schief gehen."

„2 Cent und zwei Zwanziger wollte er

mir zurückgeben … Als ich wieder draußen war, prüfte ich das Rückgeld, schob die Scheine zwischen den Fingern ganz leicht auseinander … und … es waren d r e i."

„Der ist nicht nur verliebt … der liebt dich!"

„Ach, Quatsch. Das hätte er mir doch sagen können. Es ist tatsächlich ein Geschenkeladen!"

„Trauste dich noch mal hin?"

„Weiß nicht. Ich will das Glück nicht herausfordern."

Linda Simon

Neulich …, man schrieb gerade das Jahr 2020, saß Linda Simon, eigentlich wie immer, auf ihrem Sofa und schnipste mit den Fingern die Pflegekraft herbei: „Olga, nun geben Sie mir endlich die Fernbedienung und behandeln mich nicht wie ein kleines Kind! Ich bin schließlich sechsundachtzig und Sie könnten meine Enkelin sein."

„Aber, … es soll doch … nicht …, Sie sollen sich doch nicht aufregen", sagte Olga.

„Papperlapapp! Was interessiert mich die Anweisung einer Heimleitung? Es ist schließlich *mein* Leben."

Was nun folgen würde, kannte Olga zur

Genüge. Linda Simon wedelte mit einem kleinen Geld-Schein und Olga brummte: *„Überredet.“*

Nach dem ersten Knopfdruck fuhr die Leinwand herunter, dann begann der Beamer zu surren, schließlich öffnete sich die Programmauswahl und Linda Simon zappte sich mit der Fernbedienung in der Hand durch die Filmchen. Sie hielt beim *Kino International* inne, bat Olga, sie solle sich zu ihr setzen und zuhören.

Olga verdrehte die Augen, weil sie das alles schon kannte: Ob Leipzig, Rostock oder Berlin. Ja, mit ihren Lesungen füllte Linda Simon damals die Säle. Und noch heute ist sie jedes Mal berauscht, wenn sie sich im Film auf der Bühne sieht und schließlich der Beifall einsetzt.

Linda Simon wischte sich eine Träne weg, ergriff Olgas Arm, drückte ihn und meinte: „Das waren noch Zeiten, als Bücher rar waren, weil es nicht genug Papier gab. Da ließ sich alles verkaufen … und jetzt? Der ganze Überfluss und diese Männerherrschaft."

„*Aber*", warf Olga vorsichtig ein, „*die Frauen sind doch aufgestanden. Ich hab mir die Oskar-Verleihung angesehen und mir kam es vor, als gäbe es eine Frauenquote.*"

Linda Simon nickte zustimmend: „Ja, MeToo war ein guter Anfang. Doch Gleichberechtigung ist noch lange nicht erreicht. Schöner fände ich es, wenn *frau* es alleine schaffen würde und nicht nur, weil es eine Quote gibt, oder weil man aus einem berühmten Hause stammt."

Olga dachte sich: Bloß jetzt nicht diskutieren, das führt in die Unendlichkeit. Aber eine Frage interessierte sie doch: „*Schreiben Sie eigentlich noch? Zeit dafür hätten Sie hier im Heim.*"

Ohne die Antwort abzuwarten, nahm Olga die Fernbedienung wieder an sich, schaltete die Filmchen aus, holte eine Wolldecke, um Linda Simon zuzudecken, die auf dem Sofa bereits runtergerutscht war. Ihr Körper brauchte den Mittagsschlaf. Dann kam endlich die Antwort: „Ich arbeite noch als Bloggerin, bin die Fachfrau für das Bedeutungslose und ständig am PC. Hat *auch* einen Vorteil: ich brauche keinen Mundschutz, habe keine Angst vor ansteckenden Viren bei öffentlichen Lesungen, muss keinem die Hand geben … und ich habe ganz viele Follower."

„*Wow*", sagte Olga anerkennend.

„Es hat mich zwar in den neuen Zeiten kein Verlag entdeckt", fuhr Linda Simon fort, „aber von den Followern fand mich mindestens einer gut, und der muss sogar böse sein. Der hat nämlich …"

„*Nun werde ich Sie mal schlafen lassen.*" Olga wollte schon gehen, fragte aber wie beiläufig nach: „*… na, was hat der denn gemacht?*"

„Der verschickt andauernd E-Mails wie:

Ihr Geld steht zur Abholung bereit; oder *100.000* Euro ohne Schufa. Und Zustell-Alarm: Erfolgloser Versuch… klicken Sie hier, klicken Sie da. So ein Zeugs. Und im Anhang die Schadsoftware! Wenn Sie, liebe Olga, mich jetzt endlich schlafen lassen würden, wäre das prima. In Ihrer Pause checken Sie mal Ihre Spam-Mails und achten Sie auf den Absender. Da sind nämlich viele von einer *Linda Simon*."

Das Klassentreffen

Neulich … wurde Erwin Haller nach Jahren wieder einmal zum Klassentreffen eingeladen. Davon erzählte er seinem 90jährigen Nachbarn. Dieser sagte: *„Geh man hin, ihr seid noch jung. Wird lustig werden."*

Erwin Haller war noch nie zu einem Klassentreffen gefahren. Denn Gaststätten mochte er nicht. Aber diesmal fühlte er sich irgendwie hingezogen, zumal er bereits vor 15 Jahren nicht zum Treffen gegangen war. Nun hatte er sich erkundigt, ob überhaupt und wenn ja, wann ein nächstes Treffen stattfinden würde, oder ob man ihn in der Zwischenzeit vergessen hatte. Nach dem Motto: Ist einmal nicht gekommen, dann laden wir ihn auch nicht mehr ein. Aber eigentlich wollte Erwin Haller jetzt selbst gern wissen, wie das damals weiterging mit dem … Ach, wie hieß er doch gleich noch mal?

Nachdem Erwin Haller die Karte studiert und sich jede Kreuzung eingeprägt hatte, machte er sich mit dem Auto auf den Weg. Im Kofferraum lagen ein paar Exemplare seines Büchleins *„Mörderische Kurzgeschichten"*. Vielleicht würde sich jemand dafür interessieren.

„Na, wer bin ich?", ertönte eine schrille Stimme, als Erwin Haller das Hinterzimmer der Gaststätte betreten wollte. Die Frau, die zu dieser Stimme gehörte, drehte sich zu den anderen um und rief: *„Er weiß es nicht. Er kennt mich nicht. Och …"*, sie zog

einen Flunsch.

„Entschuldigt bitte", sagte Erwin Haller in die Runde, „ich bin eben erst angekommen. Ich hab meine Zeitmaschine noch nicht zurückgestellt. 50 Jahre. Das dauert einen Augenblick." Er überlegte, wer es sein könnte. Die Stimme klang wie …, na, wie hieß sie doch gleich? Sie war doch mit dem Herbert zusammen, der zwei Klassen höher war, und den er, Erwin Haller, gerade erst (also vor ein paar Jahren) als Verkäufer bei *Satsturm* getroffen hatte. Fast entschuldigend ratterte dieser seinen Lebenslauf runter. Aber schließlich sei Arbeit doch Arbeit, sagte er und dann: Gabi. Gabi sagte Herbert. Aber war sie es? Und was ist, wenn es eine ganz andere war? Wäre die andere enttäuscht? Und Gabi empört? All das überlegte Erwin Haller und antwortete deshalb: „Tut mir leid … sorry … und bevor ich etwas Falsches sage …"

Zu seiner Rettung schoben sich zwei

weitere, ehemalige Mitschüler in den kleinen Raum, von denen Erwin Haller auf Anhieb auch nicht die Namen wusste. Das war beruhigend und beängstigend zugleich.

Vor dem Treffen hatte sich Erwin Haller das Foto vom letzten Schultag noch einmal angesehen. Sie waren dreiunddreißig Abiturienten in jenem Jahrgang und eine Klassenlehrerin. Heute erschienen nur fünfundzwanzig, fünf waren entschuldigt und drei waren es auch, aber gleich für immer. Wie einst auf dem Foto sah von den Anwesenden heute keiner mehr aus. Fast alle hatten zugelegt. Bis auf zwei, drei Frauen. Wo war eigentlich die kleine Heidi, die er damals so toll fand?

Bevor sich alle setzten, schlichen sie umeinander herum, kurzer Blick, ein Achselzucken und weiter. Manchmal dauerte sein Blick eine Sekunde länger: „Du bist doch der …? – Nee, doch nicht. Ist zu lange her."

Bei Tina und Fritz blieb Erwin Haller hängen. Die beiden hatten die Leute aufgespürt und somit den Überblick. Fritz konnte jedem Einzelnen einen Namen zuordnen. Alles war sehr interessant, aber für Erwin Haller sinnlos. Es waren zu viele für seinen Kopf. Auch die Kurzbiografien halfen nicht, reduzierte sich doch alles auf das Studium und die Arbeitsstellen, die vielen Umzüge, den Familienstand, die Kinder und Enkel. Familie. Das ist es, was bleibt und zählt, fasste Erwin Haller für sich zusammen.

Die Zeitmaschine lief auf Hochtouren als ein nicht enden wollendes Lied vorgetragen wurde. Lehrer, Mitschüler und der Unterricht wurden besungen. Die jung gebliebenen, hellen Stimmen machten die Zeitreise perfekt. Fast die gesamte Abiturzeitung wurde *vorgesungen*. Erst als sein Name in dem Lied fiel, machte Erwin Haller die Augen wieder auf. Gerade rechtzeitig zum Film vom letzten Schultag. – Da! Da war Hansi zu sehen. „Was ist denn aus Hansi geworden?", fragte Erwin Haller.

„Der hatte so ein Projekt im Brandenburgischen mit einem Parkfriedhof", wusste Fritz zu berichten.

„Ah, ja?", meinte Erwin Haller, „er schrieb mir mal ʹne Karte und fragte, ob wir nicht zusammen etwas machen könnten? Aber das klappte leider nicht."

„Schade", meinte Fritz. *„Hansi hatte sich bei der Gemeinde für sein Projekt ein riesiges Gelände gesichert. Auf Zuruf. Er legte los, nach erfolgter Wegeplanung wurde vieles gerodet, Material für die Wege bestellt und bezahlt, neue Pflanzen gesetzt. Er hatte sein ganzes Geld reingeworfen. Doch kurz bevor er aktenkundig neuer Eigentümer werden sollte, wurde das Gebiet überraschend zu Bauland erklärt und nun war ein Vielfaches vom ausgehandelten Preis fällig. Hansi war mit einem Schlag pleite. Er*

beging Selbstmord", berichtete Fritz.

„Mist", sagte Erwin Haller.

Der Film lief weiter: Schlank, ja gertenschlank mit einem quer gestreiften Pullover sah sich Erwin Haller auf dem Schulhof, dann in Dresden und schließlich in Prag. Also, in Dresden war er abwechselnd mit zwei Mitschülern zu sehen, woran er sich natürlich *nicht* erinnern konnte. Erwin Haller dachte, er wäre als Einzelgänger durch die Schulzeit gezogen; doch die Bilder zeigten etwas anderes.

Aber das mit Prag. Also daran hatte Erwin Haller nun wirklich keine Erinnerung. Und auf den Filmbildern war er auch nicht zu sehen. Dafür wieder die beiden anderen. Fritz meinte, es läge daran, dass ja einer gefilmt hatte, und das wäre eben er, Erwin Haller, gewesen.

„Ach, kommt, ihr wollt mir hier was einreden", meinte Erwin Haller. Aber seine mangelhafte Erinnerung gab ihm schon zu denken. Vielleicht sollten sie sich öfter treffen? Jährlich? Oder halbjährlich? – Nein, nicht monatlich. Das ginge zu weit.

Anschließend las Erwin Haller aus seinem Buch vor. Er freute sich über die Resonanz: Die Bücher gingen alle weg. – Ein Buch von einem Mitschüler zu haben, das war wie ein eigenes Buch. Und dann noch mit Unterschrift. Signiert. Klassentreffen vom … Das war was! Da hatte man was in der Hand, zur Erinnerung.

In fünf Jahren wollten sie sich wiedertreffen und die heute geschlossenen Gedächtnislücken überprüfen. Schule bleibt eben Schule.

Den Rückweg fand Erwin Haller auch ohne einen Blick auf die Karte. Und das beruhigte ihn wieder.

Am folgenden Tag berichtete Erwin Haller seinem Nachbarn vom Klassentreffen.

„Ja", sagte dieser, *„so lief es bei uns auch*

immer ab. Ich kann mich noch gut erinnern. Zum nächsten Treffen geh man wieder hin. Von Jahr zu Jahr werdet ihr weniger. Gruselig. Haltet zusammen, denn Kontakte sind so wichtig."

Haufenweise Glück

Neulich … wollte Fridolin seine Frau ausfahren. Es fing alles so harmlos an. Seine Frau hatte sich zurechtgemacht. Die Sonne schien, es war 25ºC warm und das Auto trug sie über weites Land zu einem Kaffeekränzchen.

Kurz vor dem Ziel wurden auch noch lose Roststückchen von ihrem Auto abgeschüttelt. Ein Service von Brunow. Der kleine Ort hatte dafür eine eigene Methode entwickelt: Die Dorfstraße blieb ursprünglich, wie sie es schon immer war. Befestigt mit kindskopfgroßen Pflastersteinen. Solche Straßen mochten früher einmal die

Ursache gewesen sein für die Erfindung von Autofedern. Erst Blattfedern, dann hydraulische Stoßdämpfer … ist ja alles bekannt. Doch später wurden die Straßen weltweit immer glatter, Asphalt allerorts und so sagten sich zum Beispiel die japanischen Autobauer: weg mit der tollen Federung, Sparvariante reicht. Nun trifft in Brunow Moderne auf Antike, mit dem Vorteil: Tempo 30 halten alle freiwillig ein und dies ist wiederum gut für die Kinder des Ortes. Man sagt, in Brunow wurde noch nie eins überfahren. Aber sind die Kinder, so geschützt und behütet, auch gut auf das Leben in der Stadt vorbereitet? Eine Statistik, wie viele Dorfkinder in Städten bisher überfahren wurden, hat noch niemand erstellt.

Der nächste Ortsname endete ebenfalls mit „ow". Aber man spricht wieder nur ein „o". Das alles machen die Einheimischen nur, um die neuen Radio-Sprecher zu enttarnen. Wird im Verkehrsfunk ein Orts- oder Straßenname falsch ausgesprochen, wissen die Hörer gleich: Ah, wieder ein Dazugekommener. Gern betonen die Neuen die erste Silbe. Was bei *Bies*dorf noch richtig ist, stimmt bei *Wuhl*heide und *Ad*lershof nicht und bei *Lu*ckenwalde schon gar nicht. Aber jedem kann man es nicht recht machen und der Unterhaltungswert für die Hörer ist schließlich auch nicht zu verachten.

Am Ziel angekommen, lenkte Fridolin sein Auto auf den ungemähten Rasen nahe dem Eingang. Sie stiegen aus und atmeten tief durch. Es roch nach Land! Landluft? Aber nein, es war ein Haufen Glück. Zum Glück traten sie nicht in den frisch gesetzten Haufen. Die Hinterlassenschaft eines Hundes wurde durch sie, besser gesagt durch einen hinteren Reifen, auf das Doppelte verbreitert. Nun lag ein großer Flatschen im Gras und der Rest haftete am Hin-

terrad, gut eingearbeitet in das Reifenpro-
fil. O weh! Diese vergrößerte Oberfläche
der Hinterlassenschaft half bei der Wahr-
nehmung der Duftnote. Und die flüchtige
Blickdiagnose ergab: zu fettig, zu wenig
Bewegung, auch hier. Doch der Hund war
längst über alle Grashalme entfleucht wie
sein Herrchen auch, unbebeutelt, nicht ah-
nend der harten Strafe, die ihn für selbiges
Vergehen seines Vierbeiners in der Groß-
stadt treffen würde.

Es war haufenweise Glück. Wie sollten
sie es aber wieder loswerden? Abwischen
war in den Mengen keine gute Idee. So
setzte Fridolin den Wagen, auf Anraten seiner Frau, auf dem Rasen ein paar Mal hin
und her, so wie man es mit dem Rasenmä-
her macht, immer leicht versetzt. Zusätz-
lich drehte er noch eine Kurve auf selbigem
und parkte fern des Tatortes völlig un-
schuldig ein. Im großen Bogen gingen sie
vom Auto zum Kaffeekränzchen. Laufen.

Man soll ja viel mehr laufen.

Durch Sand müsste Fridolin fahren oder durch eine Waschanlage. Auch könnte er die Winterräder endlich tauschen und beim Reifendienst einlagern. Quasi zum Entlüften. Oder gleich das ganze Auto verkaufen. Seine zwanzig Jahre hatte es voll und der TÜV-Mensch meinte beim letzten Mal sowieso: Dies sei die letzte Plakette.

Selbst beim anschließenden Kaffee und Kuchen drehten sich Fridolins Gedanken um den Geruchsschaden. Dabei gab sich der Kuchen alle Mühe, ihn mit seinem Duft abzulenken. Auch der Kaffee schmeckte ihnen; zwar etwas anders, aber das konnte am Wasser liegen. – Fridolins Beteiligung an Gesprächen war an diesem Nachmittag unmöglich. Viel später, wieder zu Hause, müsste er sich von seiner Frau auf den letzten Stand bringen lassen, denn auch er wollte ja wissen, wo er am Nachmittag eigentlich gewesen war und was da geschah.

Noch am Kaffeetisch sitzend, kreisten seine Gedanken weiter um das Glück: Was wäre nun, wenn sich die noch losen, feuchten Teile des Geruchsstoffes bei der Rückreise durch die schnelle Raddrehung verteilten und an dem Radkasten haften bleiben würden? Für diese Schleuderaktion gab es genügend Material im tiefen Profil des Winterreifens.

… und selbst wenn irgendwann das gröbste Glück entfernt sein würde, so bliebe für Nasentiere immer noch genügend zu erschnuppern.

Shit happens.

Wenn Sie, lieber Leser, also in nächster Zeit ein parkendes Auto in der Stadt sehen, an dessen rechtem Hinterrad gerade ein Hund sein Bein hebt oder eine Katze mit ihrer Duftnote alten Geruch überdecken will – dann wissen Sie ganz genau eins:

Dies Auto ist Fridolin seins!

die machen's möglich

Neulich … war ich in meiner Drogerie DMM – *die machen's möglich*. Schon der Name allein weckt in mir Vertrauen, ganz nach dem Motto: die schaffen das. Noch besser: *wir* schaffen das gemeinsam. Mit diesem Vertrauensvorschuss stand ich also vor dem langen Regal mit Kosmetika und suchte mein Deo, natürlich ohne Alkohol und auch ohne Aluminium. *Aber das stand doch immer hier!* Dies musste ich anscheinend halblaut gesagt haben, denn ich wurde von einer sehr netten Verkäuferin angesprochen: *„Kann ich Ihnen behilflich sein?"*

Ja, klar, dachte ich. Sonst hätte ich doch

nicht so bekloppt dreingeschaut und mich gewundert. – Ich muss das noch üben: Mich wundern, ohne dabei so bescheuert auszusehen.

Ich nickte ihr also zu und wiederholte meinen eigentlich nur gedachten Satz: „Aber das stand doch immer hier!"

„Wir haben umgeräumt. Was immer hier stand, finden Sie jetzt in der Herren-Ecke."

„Ach, ja", sagte ich. Mehr fiel mir im Augenblick nicht ein und ich ging in *meine* Ecke. Dort war alles sehr überschaubar. Ich fand, was ich brauchte, drehte mich rum und dachte beim Blick über die restliche große Ladenfläche: Boa, das ist alles für Frauen! Klar, heißt ja auch *die* Drogerie.

Ich wollte zur Kasse gehen, als gerade mein Handy brummte. Meine Frau rief an: *„Ach, Schatz, sag mal, bist du noch in der Drogerie?"*

„Hm." Mehr wurde es bei mir nicht, denn ich hasse es, wenn andere in einem

Geschäft telefonieren und alle mithören können. Außerdem gehen meine Telefonate andere gar nichts an. Auf jeden Fall erfuhr ich von meiner Frau, dass ich bitte noch etwas für *sie* kaufen möchte.

Ich marschierte los in die Hygieneabteilung und stand kurz darauf völlig hilflos vor dem Regal. Ich fragte mich: Warum gibt es so viele Varianten von *einem* Artikel? Die einen sind dicker, andere dünner. Dann haben welche Flügelchen, auch unterscheidet sich der Aufbau und das Material. Eigentlich … müsste ich, denn ich will ja das Beste für meine Frau … aber halt! Ich sah mich erst einmal um. Die nette Verkäuferin war leider nicht zu sehen. Dafür entdeckte ich eine Überwachungskamera, lächelte in jene Richtung, fühlte mich natürlich beobachtet und brach mein Vorhaben ab. Denn eigentlich wollte ich mehrere Verpackungen aufreißen und fühlen, welche wohl angenehm weich und flauschig für die empfindliche Haut sind. Ganz furchtbar fände ich es, wenn die Dinger scheuern würden, so am Rand. Ich überlegte, ob es Sinn machte, wenn ich mich auf den Boden werfen und mit den Beinen zu strampeln beginnen würde? Zum Glück schob ich den Gedanken gleich wieder weg. Stattdessen drehte ich mich mit dem Rücken zur Kamera, nahm zwei Packungen in die Hand und begann, diese durchzuwalken.

In diesem Augenblick kam eine Kundin um das Regal herum. Sie erfasste die Lage sofort und fragte mitfühlend: *„Ach, Sie armer Kerl. Kann ich irgendwie helfen?"*

Erleichtert fragte ich: „Welche nehmen *Sie* denn?" Natürlich merkte ich sofort, dass mich das gar nichts angeht ... aber irgendwie war man sich auf der Stelle ganz schön nah.

Spontan zeigte sie auf eine Packung: *„Diese da! Sind auch am Rand okay."*

Mit meiner neuen Erfahrung ging ich zur

Kasse und nahm dort noch eine Frauen-zeitschrift mit. Ich blätterte sie gleich, im Auto sitzend, durch und fand sogar einen Text-Beitrag besonders interessant. Zu Hause legte ich den Einkauf diskret in den Badschrank und die Zeitschrift auf den Tisch.

„Schau mal, ′ne Frauenzeitschrift. Lag im Kassenbereich. Kann man ja mal lesen. Werden bestimmt irgendwelche Tipps ge-geben. Wenn du durch bist, lese ich sie auch mal." Dass ich den Inhalt schon kann-te, behielt ich für mich. – Ich wartete auf ihre Reaktion. Es vergingen Tage, auch Wochen. Nun wollte ich schon nachfragen, ob denn etwas Interessantes drinstand. Da ich mich nicht als Kenner dieses einen be-wussten Artikels outen wollte, hielt ich weiter still.

Dann kam endlich eine Reaktion: „*Ach Schatz … ich lese gerade: das Kaufen eines Frauen-Hygieneartikels in einer Drogerie sei für einen Mann besonders schlimm."*

Ich druckste herum: „Ach naja, wenn man weiß, was man will, dann geht das schon." Kaum war dieser Satz raus, ruderte ich zurück. „Naja, ist schon komisch als Mann vor diesem Frauenregal … aber vielleicht kann man ja, wenn man sich nicht sicher ist, eine andere Frau ansprechen und fragen …?"

Das war eine gute Idee von mir, denn meine Frau ahnte da Schlimmeres und meinte: *„Ach, weißt du was? In Zukunft kaufe ich meine Sachen selbst."*

„Ja, klar", sagte ich, „wenn du meinst."

Schreibübungen

Neulich … war ich wieder einmal in der Schreibwerkstatt. Für diejenigen, die so etwas nicht kennen, sei kurz erklärt: Da gehen Leute hin, die zuhause etwas Eigenes geschrieben haben und diese Texte lesen sie sich in der Werkstatt gegenseitig vor. Sie bekommen Tipps und Kritik, so eine weiterhelfende, keine vernichtende … Sie wissen schon, was ich meine. Aber macht es Sinn? Eine Freundin sagte mal zu mir: Ein guter Autor braucht so eine Runde nicht und einem schlechten hilft sie nicht.

Jedenfalls trafen wir uns in kleinem Kreis. Eigentlich wurde es eine Kaffee-

Runde mit viel Politik. Doch lassen wir das, denn die Zeit rast so schnell dahin … und wenn dieser Text erscheint, werden andere Themen aktuell sein. Doch eins wird aus jener Zeit hängenbleiben: Jeder solle Energie sparen und sich, statt zu duschen, lieber mit dem Lappen waschen.

Wichtig war dann das Wetter, der letzte Urlaub und die neuesten Krankheiten. Mit der Schreibübung ging es weiter. Zuhause sollte ein Text entstehen zum Thema *„Der geheimnisvolle Zettel".*

Ach, hab ich das schon erzählt? Ich hasse Schreibübungen! In elf von zehn Fällen mache ich da nicht mit. Entweder hat man Ideen für eigene Geschichten, oder man macht bei Schreibübungen mit. Das hat so einen Beigeschmack von „Schulaufsatz" und ist für mich vertane Zeit.

Nun zur Geschichte eines Mitstreiters:
An einem warmen Sommerstrand liegt ein junger Mann, döst vor sich hin und träumt von

einem Geldsegen. Er reibt sich die Augen und sieht tatsächlich Geldscheine vom Himmel fallen. Er steht auf und geht ... in den Wald. Dort findet dieser Träumer eine Damenhandtasche und plötzlich kommt die Besitzerin hinzu. Sie schaut in besagte Tasche und stellt fest: ein Zettel fehlt. Auf ihm stand wohl eine wichtige Zahlenfolge. Dann laufen beide gemeinsam in den Ort. Schluss ... Aus.

Alles sehr merkwürdig ... Aufgabe erfüllt. *Ein seltsamer Zettel* kommt vor, ist aber nicht da. Und das Drumherum?

Die anschließende Diskussion ging zunächst in die Richtung der Glaubhaftigkeit. Warum geht der junge Mann in den Wald und nicht zu den heruntergefallenen Geldscheinen und sammelt sie auf? Wer steckt einen Zettel in eine Damenhandtasche und verliert sie dann? Und, wenn eine Zahlenkombination so wichtig ist, weil ein ganzer Container voller Geld daran hängt, dann merke ich mir diese Zahlen, bitte sehr. Bei der EC-Karte machen das Millionen Menschen und es geht gut … Natürlich stimmte vieles nicht im Text. Aber darauf hätte man auch alleine kommen können. Einfach den Text runterschreiben, ihn ruhen lassen und anschließend wie ein Fremder noch einmal lesen. Es fällt einem doch auf, was da nicht stimmt.

Dann wurde die surreale Variante diskutiert. Diese hat den Vorteil, dass gar nichts stimmen muss: *Der junge Mann wischt sich die Geldscheine aus dem Gesicht, fühlt sich von ihnen belästigt und geht viel lieber in den Wald, um eine Frau zu treffen …* Hat auch etwas. Muss noch *der Zettel* eingebaut werden.

In der Geschichte steckt Potenzial; es ist aber noch viel Arbeit zu leisten.

War die Kritik nun hilfreich? Niemand muss sie annehmen, jeder kann alles so lassen. Nur schade, wenn andere die Geschichte nicht verstehen.

Schreibblockaden waren kurz ein weiteres Thema. Hierzu gab es einen einfachen Tipp: Man fängt vorne an, hat ein Ziel und überlegt sich die Punkte dazwischen. So simpel überwindet man Blockaden. Wirklich.

Sich beschäftigen! Ja, das ist so wichtig! Die zwei Stunden vergingen schnell. Alle sagten etwas. Erleichterung war spürbar. Und man war nicht allein.

In der Apotheke

Neulich … wollte ich mir mal flink ein Medikament aus der Apotheke holen. Über eine App hatte ich es bestellt und wurde nun informiert, es läge zur Abholung bereit. Also, dachte ich, schnell rein, bezahlen und wieder weg. Doch weit gefehlt. Es waren zwei Kundinnen vor mir.

„Hier habe ich Ihr Mittel gegen den Husten", sagte der Apothekenfachangestellte in Ausbildung hinter einer von der Decke herunterhängenden Plastik-Schutz-Scheibe aus vergangenen Corona-Zeiten.

„Die Verpackung sieht ganz anders aus",

meinte die ältere Dame vor der von der Decke herunterhängenden Plastik-Schutz-Scheibe aus vergangenen Corona-Zeiten.

„Sie soll mehr wirken. Wirksamer sein."

„*Wie? Ist es stärker?*", fragte die ältere Dame nach.

„Nein. Das Mittel soll mehr auffallen. Die Verpackung soll mehr ins Auge springen", sagte der Apothekenfachangestellte in Ausbildung hinter der von der Decke herunterhängenden Plastik-Schutz-Scheibe aus vergangenen Corona-Zeiten.

„*Ins Auge? – Es soll aber gegen meinen Husten helfen!*"

„Ja. Macht es doch auch."

„*Und ist es zuckerfrei?*"

„Warten Sie mal. Ich lese nach …", sagte der Apothekenfachangestellte in Ausbildung hinter der von der Decke herunterhängenden Plastik-Schutz-Scheibe aus vergangenen Corona-Zeiten.

„*Was soll es denn kosten?*", fragte sie nun.

„Ja, es ist zuckerfrei … Was wollten Sie noch wissen?"

„Oh, das weiß ich nicht mehr."

Die zweite, etwas jüngere Kundin sagte: „Wie viel es kosten würde."

„Ja", sagte die ältere Dame, *„der Preis?"*

„Warten Sie mal", sagte der Apotheken-fachangestellte in Ausbildung hinter der von der Decke herunterhängender Plastik-Schutz-Scheibe aus vergangenen Corona-Zeiten und scannte das Produkt: „Acht-zehn Euro fünfundneunzig."

„Das ist aber viel Geld. – Was hat es denn früher mal gekostet, als die Verpackung noch anders aussah?"

„Das kann ich Ihnen leider nicht sagen. Ist nicht mehr gelistet. Gibt es nicht mehr."

„Schade. Ich glaube, es kostete keine fünfzehn Euro. Hatte ja auch andere Farben", sagte sie.

„Das mag sein, kann ich aber nicht bestä-tigen. Ich bin noch nicht so lange im Kun-denbereich."

„*Aber die Wirkung ist geblieben? – Hat nämlich immer gut geholfen.*"

„Ja, die Zusammensetzung ist gleich."

„*Und das Gewicht? Ist jetzt mehr drin?*"

„Nein."

„*Und warum ist es dann teurer?*"

„Das weiß ich nicht. Vielleicht, weil *alles* teurer wird?"

„*Ist es für mich günstiger, wenn ich mir ein Rezept besorge?*"

„Sind Sie zuzahlungsbefreit?", fragte jetzt etwas leiser der Apothekenfachangestellte in Ausbildung hinter der von der Decke herunterhängenden Plastik-Schutz-Scheibe aus vergangenen Corona-Zeiten.

Die ältere Dame verstand ihn nicht, schob die Plastik-Schutz-Scheibe weg, wobei sich diese an einer Seite aus der Halterung an der Decke löste und völlig schief zwischen ihnen hing, pendelte und sich drehte: „*Entschuldigung. – Was bin ich?*", fragte die ältere Dame etwas genervt.

76

Nun wiederholte der Apothekenfachangestellte in Ausbildung leicht verstimmt und mit unterdrückter Stimme: „Ich fragte, ob Sie zuzahlungsbefreit seien?"

„Das weiß ich nicht."

„Haben Sie eine Kundenkarte?"

„Ja."

Der Apothekenfachangestellte in Ausbildung streckte seine offene Hand ihr entgegen.

Die ältere Dame schüttelte den Kopf: *„Hab ich nicht dabei."*

„Dann kann ich Ihnen nur helfen, wenn Sie mir jetzt Ihren Namen sagen."

Nun flüsterte auch sie: *„Müller."*

Der Apothekenfachangestellte in Ausbildung hinter der noch immer pendelnden und sich drehenden Plastik-Schutz-Scheibe aus vergangenen Corona-Zeiten tippte nun in seinen Computer etwas ein und fragte: „Wohnen Sie in der Luisen- oder Waldstraße?"

„Ich verstehe Sie so schlecht."

Nun wurde er etwas schärfer: „Ihr Geburtsjahr, bitte."

„3.4.43"

„Danke. Das Jahr hätte gereicht … Ja, Sie sind Stammkundin. Ich kann Ihnen fünf Prozent Rabatt gewähren."

„Das ist aber nett von Ihnen", freute sich die ältere Dame, bezahlte und bat um eine Apotheken-Umschau.

„Diese haben Sie noch nicht", legte der Apothekenfachangestellte in Ausbildung fest und gab ihr aus dem Vormonat ein übriggebliebenes Exemplar.

Im Gehen sammelte die ältere Dame alle kostenlosen Ratgeber, von Abnehm-Tipps über Prostata-Vorsorge bis zu Trainingsanleitungen für zu Hause, ein und verließ mit vollem Arm die Apotheke.

Jemand atmete tief aus … Nun würde es schneller gehen, dachte ich.

Die jüngere Dame vor mir hatte einen

langen Einkaufszettel. Aber alles war vorbestellt und lag bereit.

„Brauchen Sie einen Bon?", fragte der Apothekenfachangestellte in Ausbildung.

„*Nein.*"

„Das macht zusammen …"

„*Ach halt. Ich brauche keinen Bon; aber für meinen Nachbarn schon, sorry.*"

Der Apothekenfachangestellte in Ausbildung stornierte alles, erstellte zwei getrennte Rechnungen und druckte sie aus …

Nun war ich an der Reihe, reichte mein Rezept rüber, erhielt das gewünschte Präparat, zahlte 27,09 Euro und sagte: „Ja, ich weiß, wie … einnehmen und viel nachtrinken."

Der Apothekenfachangestellte in Ausbildung hielt seine pendelnde Plastik-Schutz-Scheibe aus vergangenen Corona-Zeiten fest und sagte: „Warum können nicht alle so unkompliziert sein?"

Das Gartentor

Neulich … fiel doch bei den Harenstedts tatsächlich die automatische Schließanlage des Gartentores aus. Nein, was hatten sie sich inzwischen daran gewöhnt! Seitdem die Automation endlich eingebaut wurde, mussten die Harenstedts nicht mehr aussteigen, um das schwere Holzgartentor zu öffnen und nach der Durchfahrt wieder zu schließen. Dabei ging ihnen zwar die Bewegung, die dafür notwendig war, verloren. Aber der Vorteil, besonders bei Regen, überwog: Alles auf Knopfdruck. Kleiner Luxus. Die Harenstedts waren die Letzten in der Straße, die sich diesen technischen

Fortschritt einbauen ließen. Ab wann hatten sich die Harenstedts eigentlich daran gewöhnt? Nach einem Jahr? Oder nach drei Jahren? Auf jeden Fall gehörte diese Automatik zu ihrem Leben, bis sie nach genau fünf Jahren und zwei Monaten verschied; aber dies nicht richtig. Was noch viel schlimmer war, denn mal ging sie und mal nicht. Zum Glück *öffnete* die Automatik immer. Nur beim Schließen hatte sie manchmal keine Lust. Dafür hatten die Harenstedts eine Lösung. Sie nahmen am Sicherungskasten den Strom für die Toröffnung weg, warteten dreißig Sekunden und schalteten dann erneut ein ... und das Tor schloss wieder. Es tat auch seinen Dienst, wenn der Elektriker da war. Dieser musste der Fehlerbeschreibung glauben und daraus etwas machen.

„Es ist bestimmt ein Kabelbruch, das habe ich jetzt schon fünfmal gehabt", meinte der Fachmann. Also wurde ein Kabel gewechselt. Mit Erfolg. Aber kaum war der Elektriker weg, streikte das Tor bei den Harenstedts wieder. Nun sollten sie, bei Bedarf, leicht gegen den Motor treten, so sein Rat. Die Kohlestäbchen würden sich im Innern verschieben und die Funktion wäre wieder hergestellt. Die Harenstedts teilten drei Tage lang vorsorglich Schläge aus. Nur wusste keiner, ob das Tor auch ohne dem funktioniert hätte. Es folgte das bekannte Fehlverhalten. Auch von einem neuen Motor ließ sich die Schließanlage nicht beeindrucken. Allmählich ging es um Harenstedts Glaubwürdigkeit, denn bisher konnten sie den Fehler dem Elektriker *nicht* vorführen.

„Es kann auch ein Relais sein", meinte dieser, „das ist jedoch fest verlötet und ich müsste die gesamte Platine austauschen." Die Harenstedts stimmten zu und der Fehler war behoben. *Wie weg.*

Nun klemmte das Tor nur noch bei Veränderungen. Heiß-kalt und trocken-feucht mochte das schwere Holztor gar nicht. Bei Bedarf mussten die Zugbänder nachgestellt werden. Dann tat es wieder seinen Dienst … bis zum nächsten Wetterumschwung. Ja, das Gartentor war mit den Jahren wetterfühlig geworden, brauchte Aufmerksamkeit und forderte sich Zuwendung ein. Es verging kein Tag, an dem die Harenstedts nicht mindestens einmal über das Gartentor sprachen.

Und so wurde das Tor Teil der Familie.

Das Angebot

Neulich … rief mich mein Freund an:

„In diesem Supermarkt gibt es das Rudergerät nicht mehr."

„Ach, schade. Hast du gefragt?"

„Nein. Das hätte ich ja gesehen. Ist doch groß genug."

„Ja. Stimmt. Ist groß. Aber vielleicht hatten sie hinten noch eins; nur eben nicht im Verkaufsraum?"

„Glaub ich nicht. Die wollen doch verkaufen."

„Hm. Nicht geklappt. Pech für dich. War auch nur ein Hinweis von mir. Kauf bloß nichts, was dir nicht gefällt. Fühle dich von mir nicht bedrängt."

„Schon klar. Wäre aber toll gewesen. So ein Ding für einhundert Euro."

„Moment mal. Da kann etwas nicht stimmen. Für einhundert Euro bekommst du kein Rudergerät."

„Ja, aber … es stand so da."

„Glaub ich nicht, hab dir doch den Link geschickt. Da musst du nur draufklicken … es war vielleicht einhundert Euro *günstiger* als in anderen Geschäften."

„Ach so …, hm, na dann …"

„Wie jetzt? Hast du geglaubt, es gibt für einhundert Euro ein Rudergerät?"

„Nun ja, hab nicht darüber nachgedacht."

„Für einhundert Euro? Was soll denn das für 'n Material sein, kleine Aluminiumstangen vielleicht? Es muss dich doch tragen können. – Ach ja, das Gewicht ist begrenzt bis einhundertdreißig Kilogramm. Reicht das?"

„Ja, klar, reicht, bin drunter. Noch."

„Gut. Ich weiß wirklich nicht mehr, was es kosten soll. Mit diesen ...99 komm ich ständig durcheinander. Waren es nun 599 oder 499? Also fast 600 oder 500? Vielleicht doch nur 399, also fast 400 Euro? Das wäre ja ein absolutes Schnäppchen. Für diesen Preis ein ganzes Rudergerät!"

„Jaja, klar, hm. Für einhundert gibt es das nicht."

„Aber schade, dass alle weg waren. Du weißt schon: Beim Rudern werden fast alle Muskelgruppen beansprucht, Arme, Beine, Rücken, Po."

„Ich weiß, ich weiß. Du schwärmst schon lange davon. – Wie groß ist es eigentlich?"

„Keine Ahnung. Klick mal auf den Link. Dann hast du die genauen Maße."

„Mach ich."

„Ich glaube, es ist so drei Meter lang?"

„Das ist ja viel zu groß! Wo soll ich das denn aufstellen?"

„Du hast ein ganzes Haus! Da wirst du

schon einen Platz finden."

„Nee, wa? So riesig?"

„Aber ist doch logisch: Das Schwungrad, der Schlitten mit dem Sitz ... du musst ja die Beine ausstrecken können. Das braucht Platz."

„Drei Meter lang? Passt nicht ins Wohnzimmer."

„Und in den Keller? Deiner ist sogar beheizt."

„Ach, nee."

„Im Dachgeschoß?"

„Geht nicht, da schlafen die Kinder, wenn sie uns besuchen."

„Komm! Wie oft sind die denn da? Vielleicht einmal im Monat; und dann nicht mal über Nacht."

„Hast ja recht, stimmt schon."

„Na, siehste. Außerdem kannste es zusammenklappen."

„Echt, ja?"

„Klar, klick mal auf den Link und schau

dir die Fotos an."

„Klappst du deins auch zusammen?"

„Muss ich nicht. Hab Platz genug."

„Du hast es gut. – Was hat deins eigentlich gekostet?"

„Uff, warte mal, ich und Zahlen. Glaube so um die eintausend Euro. Vor acht Jahren. Ist aber auch sehr stabil, da bricht nichts zusammen."

„Wow. Eintausend? Schöner Batzen."

„Dafür musste aber nicht mehr zum Seniorensport, ersparst dir diese militante Trainerin."

„Stimmt. Da geh ich schon lange nicht mehr hin."

„Dann brauchste das Gerät erst recht. Du musst dich gelenkig halten und die Muskeln …, musst Kalorien verbrennen. Im Alter bewegen wir uns alle viel zu wenig, essen aber wie früher."

„Jaja, ich weiß. – Kriegst du eigentlich Prozente?"

„Nein. Ich sorge mich um dich."

„Oh, wie nett von dir. Ich glaube aber, es macht keinen Sinn. – Der Stepper steht jetzt auch ungenutzt in der Ecke."

„Und was machst du, wenn deine Rückenschmerzen wieder losgehen …?"

„Hm, dann nehm ich Tabletten."

„Das ist jetzt nicht dein Ernst!"

„War ein Scherz. – Aber, wird das nicht langweilig? Immer nur rudern? Siehst du dabei fern?"

„Nein. Auf dem kleinen Computer laufen ständig Zahlen: Die eingegebene Meterzahl läuft runter, die Uhrzeit läuft hoch, die Anschläge werden gezählt. Also *ich* rechne da ständig mit, überlege: wenn ich jetzt schneller mache …"

„… schon gut. Aber das Geld! Weißt du, wie lange ich rudern muss, bis es sich rentiert? Und der Platz!"

„Die letzte Ausrede zählt nicht: im Dachgeschoß oder in deinem Wintergarten ist an der Seite Platz, fällt mir gerade ein."

„Aber das Gerät gibt es nicht mehr so günstig."

„In *dem* einen Laden nicht. – Soll ich für dich mal googeln? Oder nach einem Sportgeschäft schauen? Dort kannst du es sogar ausprobieren. Ich komme auch mit."

„Ach, lass mal."

„He, komm, ich kenn dich, mit dir ist doch was."

„Stimmt. Du hast mich durchschaut:

Ich will nicht."

Nicht zu lange sitzen

Neulich … saß Theo Huthmacher auf der alten Bank unter der großen Weide. Sie spendete ihm Schatten. Er mochte das Rauschen der Blätter im Wind. Wie alt war sie? Wie viele Jahre hatte sie noch? Sie stand schon immer da. War fest verwurzelt. Und musste nicht ständig aufstehen, wie es sein Vater von ihm einst forderte. *Sitz nicht zu lange rum. Wer rastet, der rostet.* Diesen Spruch hörte Theo Huthmacher in seiner Kindheit sehr oft. Und immer, wenn er heute daran denkt, steht er tatsächlich auf, streckt sich und geht ein paar Schritte.

Wieder auf der Bank sitzend, fällt ihm

ein weiterer Spruch ein. *Mit vollem Mund spricht man nicht.* Recht hat er. Erst gestern wäre sein langjähriger Freund Max fast erstickt, weil er beim Herrenabend in der Kneipe erzählte und erzählte, auf einen besonderen Gag aus war, mit puterrotem Kopf und vollem Mund zwischendurch tief Luft holte und sich dabei ein Stückchen von einer noch nicht ganz zerkauten Bulette in seiner Luftröhre verirrte. Nun, mit noch weniger Luft versorgt, wurde sein Kopf rot und röter, groß und größer und er drohte zu platzen. Da Theo Huthmacher seinen Freund Max eigentlich mochte, eilte er diesem zur Hilfe, klopfte ihm kräftig auf den Rücken und schrie ihn an: „Nimm die Arme hoch! Los, mach schon, höher!"

Theo überlegte kurz, ob er in das Klopfen auch seine kleine Wut auf ihn packen sollte, denn er war ihm gram wegen einer anderen Sache. Aber das würde jetzt zu weit führen und wäre eine andere Geschichte.

Jedenfalls löste sich das Stückchen aus der Luftröhre und rutschte hinüber in die Speiseröhre. Max strahlte, sein Kopf wurde wieder kleiner und die rote Farbe entwich.

„Wow, du hast mir gerade das Leben gerettet, Theo."

„Ich weiß."

„Und wieso funktioniert dieser Trick?", wollte Max wissen.

„Ganz einfach: Wenn du die Arme hebst, verschieben sich die Eingänge von Luftund Speiseröhre in ihrer Höhe und du kannst den Fremdkörper in die Speiseröhre bitten. Das Klopfen hilft dabei."

„Das stimmt wirklich?", fragte Max.

„Wer weiß? Ich hab's von meinem Vater. Einem Arzt kannst du mit dieser Geschichte nicht kommen. Der sagt bestimmt, das sei Quatsch."

„Aber es hat geholfen", freute sich Max.

Das war gestern. Heute hatte Theo Huthmacher in seinem Garten ein Wetter wie in Spanien. Nur ohne Flug. Vom angekündigten Unwetter mit Starkregen, Sturm und Hagel spürte er nichts. Es war wohl in der Vorhersage wieder einmal der Süden des Landes gemeint. Theo Huthmacher freute sich über diesen lauen Sommertag, auch über die Wolken und den aufkommenden Wind, der ihm endlich Kühlung brachte. Er stand auf, ging ein paar Schritte, blickte zurück und sah die riesige Krone der Weide ehrfurchtsvoll an. In diesem Augenblick mauserte sich der Wind zu einer Sturmböe, nahm die Zweige, bog sie in alle Richtungen und durchfuhr wie mit einem riesigen unsichtbaren Kamm die Baumkrone. Alle losen Blätter wirbelten durch die Luft und vollführten ein Tänzchen. Die Wurzeln der Weide hielten stand. Aber ein Brechen und Bersten war zu hören, ähnlich einem Blitzeinschlag. Nur ganz langsam und länger anhaltend. Der Baum kam nicht zur Ruhe.

Die Windböe hatte ihn fest im Würgegriff. Die Baumkrone drehte sich und zerriss den Stamm. Die Äste krachten runter und schlugen dort auf, wo Theo Huthmacher gerade noch gesessen hatte. Der Baumstamm war ein Stumpf, ausgefranst wie ein hohler Backenzahn. Das war's dann mit der Weide.

Uff, das ist gerade noch mal gut gegangen, dachte sich Theo Huthmacher, morgen ist viel Holz zu zerkleinern. Es wird den ganzen Winter reichen.

Er blickte in den Himmel und sagte: „Danke, lieber Papa, du hast mir das Leben gerettet."

Simone Schmidt

Neulich … hab ich mich doch tatsächlich mit Simone Schmidt getroffen. – Mit welcher, fragen Sie? Ich hab's gewusst, *Sie* denken, das ist ein Sammelbegriff. Stimmt gar nicht. Gerade eben habe ich ihren Namen im Internet eingegeben und, da gebe ich Ihnen recht, es gab ungefähr 63.600.000 Ergebnisse. Aber im Berliner Telefonbuch gibt es nur eine. Es ist jedoch nicht meine Simone Schmidt. *Meine* Simone ist Single-Frau. Und sie hat, wie so viele andere auch, auf einen Eintrag ins Telefonbuch verzichtet. Warum? Will sie nicht erreichbar sein? Auch im Notfall nicht? Ich hab mir das mal erklären lassen: Wenn zum Beispiel ein Nachbar mich durchs Fenster beobachtet und glaubt, was er da sieht, wäre ein Grund, den Rettungsdienst zu mir schicken zu müssen, so kann der Notarzt bei mir vorher nicht noch einmal anrufen und meinem Gesundheitszustand checken, weil auch die Telefonauskunft keinen Eintrag mit meinem Namen und meiner Adresse hat. – Warum machen es Leute, hab ich mich gefragt? Wollen sie allein sein, nicht gestört werden, keine Werbeanrufe bekommen? Dabei kenne ich viele, die sich über soziale Kontakte freuen würden. Simone gehört auch dazu, aber sie organisiert sich selbst. Sie hat ein Netzwerk aufgebaut und entscheidet, wann sie sich mit wem … Na, Sie wissen schon. Es gibt nur einen kleinen Haken dabei: Den ganzen Tag hat sie durchgeplant, trifft sich mit anderen, erledigt Dinge für sie, leitet Kurse, hilft ohne Ende, betreut viele, tauscht sich aus, ist in sozialen Medien unterwegs, nutzt das digitale Zeitalter, ist in Selbsthilfegruppen tätig, hört sich Sorgen vieler Paare an, erfährt, wie sich Leute gerade im Alter auseinanderleben, sich gegenseitig nicht mehr ausstehen können, raus wollen aus der vermeintlichen Enge, sich umorientieren wollen, besonders, wenn die Kinder aus dem Haus sind … All dieses Wissen hat Simone und trotzdem sehnt sie sich nach jemandem, für den sie abends kochen und das täglich Erlebte noch einmal durchgehen kann.

„Du möchtest wirklich mit einem Partner am Abend noch einmal alles durchgehen", fragte ich sie.

Das heißt doch, es lief nicht alles so am Tage, wie *frau* es sich gewünscht hat. Oder dass *frau* vielleicht nicht recht bekam, weil andere es anders machten und gut damit fuhren. Das alles noch einmal? Nur fürs Ego? Ich habe ihr gesagt, sie solle doch mit

101

dem, was sie hat, und mit sich zufrieden sein.

Und das wars dann. Auf ihrer Beliebtheitsskala rutschte ich von Platz sechs auf Platz fünfundvierzig.

Während ich diese Gedanken aufschreibe, sitze ich am Schreibtisch und höre draußen den anschwellenden Ton der Sirene eines Notarztwagens. Ich schaue sofort rüber zum Nachbarhaus, will wissen, ob vielleicht mein Nachbar mir eventuell den Wagen geschickt hat. Er sagte mal, ich würde immer wie erstarrt am Schreibtisch sitzen, wie ein *Pappkamerad*. Ich muss ihm das unbedingt noch einmal sagen, dass das bei mir immer so aussieht und nicht besorgniserregend ist. Die Sirene hat jetzt volle Lautstärke erreicht, und der Rettungswagen rast vorbei. Alles ist im grünen Bereich und ich kann weitermachen.

Aber nun klingelt unser Festnetztelefon. Wer mag das nur sein, wir stehen doch auch nicht im Telefonbuch. Noch während ich überlege, wer alles unsere Nummer hat, bin ich bereits am Apparat. Es ist meine Frau, und ich erfahre, dass es bei ihr heute etwas später wird. Gut. So bleibt mir etwas Zeit, bis sie kommt, und wir dann den ganzen Tag noch einmal durchgehen werden.

Die Hausordnung

Neulich … hörte Kai Hoffmann abends die Meldung: In dieser Nacht zieht der Winter ins Land. An einem Freitag. Alle sagten so: Der Wetterbericht nach den Nachrichten, wetteronline.de und beide Apps auf seinem Handy tönten übereinstimmend: Schnee, Schneeregen und Glätte bei Temperaturen im Frostbereich.

Kai Hoffmann freute sich *gar nicht* über diese Meldung. Andere vielleicht schon, solche mit kleinen Kindern, die zum Beispiel noch nie Schnee gesehen hatten. Aber Kai Hoffmann fand das schrecklich, weil ausgerechnet er laut Hausordnung dran war. Er musste eine ganze Woche lang das Treppenhaus und im Winter den Weg vom Haus bis zur Straße sauber und schneefrei halten. Das waren gute zwanzig Meter. Alle anderen hatten in diesem Winter Glück, mussten keinen Schnee fegen.

Nun traf es Kai Hoffmann! – Natürlich würde er das gern machen. Schon für Frau Müller aus dem Parterre, damit sie nicht stürzt und sich womöglich noch den Oberschenkelhalsknochen bricht. Vielleicht sollte er vorsorglich einen Zettel unter ihrer Wohnungstür durchschieben: Winterliche Quarantäne, die Wohnung darf nicht verlassen werden! – Das wäre gelebte Fürsorge! Und eine Vorsichtsmaßnahme aus Selbstschutzgründen, denn stürzt Frau Müller und bricht sich etwas, kann er im schlimmsten Fall danach belangt werden, wenn sich herausstellt, wer den Schnee hätte räumen müssen … Die Krankenkassen holen sich gern die Kosten vom Verursacher zurück. Müssen ja alle irgendwie klarkommen. Ist auch verständlich.

Die Schulzes aus dem ersten Stock sind immer 6.30 Uhr aus dem Haus. Zwei Erwachsene und ein lebhaftes Kind. Hoffentlich gehen sie in der Früh langsam bei der Glätte; wenn nicht, sind sie dann selbst schuld?

Kann er, Kai Hoffmann, für einen Sturz eigentlich belangt werden? Das fragte er sich. Ist nicht der Eigentümer zuständig? Der kann doch seine Pflicht nicht einfach weiterreichen! Das hätte Kai Hoffmann mal eher klären müssen. Jetzt, nach 20.30 Uhr, ist bestimmt keiner mehr erreichbar. Seine Kopfschmerzen begannen. Das hatte er nun davon. Hätte er keine Nachrichten gesehen und keinen Wetterbericht gehört, könnte er wenigsten ruhig schlafen. So aber ist klar: Ab vier Uhr ist Winter.

Natürlich schlief Kai Hoffmann unruhig.

Um zwei Uhr sah er auf Nachbars Dach. Kein Schnee. Er legte sich wieder hin. Um drei Uhr war er erneut hellwach, blickte hinaus, alles war schneefrei. Kai Hoffmann drehte sich noch einmal rum, konnte jedoch nicht schlafen. Gleich würde es losgehen. Um 4.20 Uhr war noch immer alles schneefrei. Aber bald. An Schlaf war nicht zu denken. Es wurde 5.30 Uhr und Nachbars Dach war noch immer ohne Schnee. Kai Hoffmann drehte sich erneut rum, dann stand er auf. Es war 6.00 Uhr. Er war bereit zu fegen, sah noch einmal aus dem Fenster: Es war kein Schnee gefallen, es gab auch keinen Regen. Alles war trocken wie seit Wochen. Aber bald würde es losgehen, so sagte es die Vorhersage von gestern Abend. Er kochte sich einen Kaffee und frühstückte. Jetzt war es 6.30 Uhr. Die Haustür schlug zu, Familie Schulze hatte das Grundstück verlassen. Eigentlich schade für deren kleine Tochter. Nun sah sie wieder keinen Schnee.

Im Radio sagten sie, dass sich das Wetter nach Abzug des Schneeregengebietes beruhigen würde und die Temperaturen auf acht Grad klettern würden. Der Winter sei damit durch.

Was wissen die denn, fragte sich Kai Hoffmann. Es gab keinen Schneeregen und er überlegte, ob er stattdessen heute Nachmittag die Koniferen auf dem Grundstück gießen sollte? Es ist ja alles so trocken.

Jedoch das verlangte von ihm keine Hausordnung.

Hamsterkäufe

Neulich … als die Pandemie bereits vier Wochen lang unsichtbar und geruchlos übers Land zog, und sich viele an die verordnete Ausgangssperre hielten, die Wohnung nur für notwendige Einkäufe verließen, wurden in einer gewissen Panik Dinge gekauft, die für jeden anscheinend systemrelevant waren. Ja, ich meine das Toilettenpapier.

Dieses Wegkaufen nahm solche Formen an, dass der Verkauf rationiert werden musste. Und genau in dieser Zeit hätte ich mir doch tatsächlich zum dritten Mal hintereinander Toilettenpapier kaufen können. Hab ich aber *nicht* gemacht. – Nein, das kann ja jeder, wenn es so daliegt. Als es keins gab, war ich ganz scharf auf dieses Papier. Hatte schon überlegt, ob ich frage, wann es geliefert werden würde. Doch dann hab ich mein Kaufverhalten angepasst: Ja, ich gebe es zu, ich hab's gekauft, wenn es gerade so dalag. Nun war ich eingedeckt, hatte alle Ecken im Bad gefüllt. Wo nur hin mit dem Zeug? 20 x 200, also 4000 Blatt Toilettenpapier lagen schnöde im Kofferraum unseres Autos und wurden herumkutschiert. Gar nicht lustig. Dieser Run auf das Papier war auch nicht zu verstehen. Denn Corona ist gar keine Durchfallerkrankung!

Apropos Corona ... Es gab doch diese Maskenpflicht in Kaufhallen und in öffentlichen Verkehrsmitteln. Aber Vorsicht! Das war gar nicht spaßig. Man sollte nicht hastig, eher ruhig und flach atmen und an etwas Schönes denken. Auch ich musste da üben. Denn zur Maske trug ich eine Brille und schwups befand ich mich im Urlaub: Es war wie Schnorcheln in der Südsee, ich sah nicht richtig, alles war warm und feucht, leicht verschwommen. Ich hatte Urlaubsgefühle in der Kaufhalle, denn meine Atemluft wollte weg, nach oben natürlich. Da war aber die Brille und sie beschlug. Das Lesen der Zutatenliste auf den Produkten war unmöglich. Fleischklößchen in leckerer Soße mit allerlei Gewürzen landeten im Einkaufswagen und zu Hause auf *meiner* Seite des Kühlschrankes. Denn Knoblauch macht einsam, sagt meine Frau.

Apropos einsam: Wie lernte man eigentlich in Corona-Zeiten jemanden kennen, *neu* meine ich? War doch unmöglich, wenn man das Abstandsgebot einhalten wollte. – Ach ja, mein Freund zog tatsächlich zu seiner Freundin, die er zum Glück schon *vorher* kannte. Aus Liebe natürlich. Und um Kosten zu sparen. Denn sein Job war nicht systemrelevant. Der Traumberuf *Pilot* war nicht mehr gefragt. Ja, Corona veränderte so einiges.

Die Kaufhallen hatten's überlebt, die Regale waren bald wieder gefüllt, die Waren stiegen im Preis und das spezielle Papier gab es auch in ausreichenden Mengen.

Nur unser aller Leben hatte sich komplett verändert.

Die reine Wahrheit

Neulich ... las Peter Schneidewind eine Todesanzeige in einer überregionalen Zeitung und rief: „Das kann doch nicht wahr sein!"

Petra Müller ist von uns gegangen, völlig unerwartet. Sie hatte noch so viel vor. Ich habe ihre Bilder digitalisiert. Wenn Sie einen Nachdruck wünschen, kontaktieren Sie mich ...

„Was ist denn *das* für ein Typ? Der verwertet sie ja regelrecht! Aber vielleicht wollte sie es so? Mit dem Verkaufen ist das nicht so leicht", sagte sich Peter Schneidewind. Und war denn überhaupt diese Petra *die* Petra, die er gerade erst vor zwei Wochen kennengelernt hatte? Bestimmt nicht.

Peter Schneidewind erinnerte sich an eine Frage, die *seine* Petra ihm gestellt hatte, doch zuvor noch dies: Peter Schneidewind malte in seiner Freizeit. Er zählte sich zu den *Nichtkönnern*, und mit dem Lernen war das so eine Sache. Aber wenn es nun mal modern war, wollten ganz viele *Könner* auch Kurse geben und daran verdienen. War ja okay so. Es musste schließlich keiner dorthin rennen. Wie auch immer, er, Peter Schneidewind, ließ sich von einer Freundin überreden, einen Malkurs bei einer Petra zu besuchen. Sie würde auch mit Pinsel und Farbe das eigene Bild aufhübschen und es bestimmt voranbringen. Weil Peter Schneidewind nicht wusste, wie so ein Kurs ablaufen würde, nahm er drei seiner angefangenen Bilder mit, in der Hoffnung, wenigstens bei einem weiterzukommen. Petra war offen für jeden neuen Interessenten, nahm 40 € pro Nase, ohne Quittung, und half, wo sie konnte.

Und dann begann, wie nebenbei, dieser *Hausfrauentalk*. Hätte sie ihn doch nach seinen Kindern gefragt, oder der Frau, oder seinem letzten Urlaub. Nein, sie fragte: *„Na, was machst du denn sonst so …, beruflich meine ich?"* Diesmal wollte Peter Schneidewind ausnahmsweise nicht die Wahrheit sagen. Und als sie ihn so taxierte, war ihm nach einem Scherz zumute.

Er sagte: „Ich arbeite beim Finanzamt."

Vor Schreck fiel ihr ein Pinsel runter, sie bückte sich ganz langsam. Peter Schneidewind half ihr wieder hoch: „Das mit dem Finanzamt stimmt überhaupt nicht. Es war ein Scherz. Sorry."

„Ist schon gut. Mein Kreislauf …"

Aber in diesem Scherz drückte er seine komplette Abneigung aus gegen die vielen kleinen Beträge, die so unter der Hand flossen. – Herr Gott, was ging ihn das eigentlich an? Es war ein Scherz! Und wer Peter

Schneidewind kannte, würde sagen: Der hat schon ganz andere Scherze gemacht!

Acht Tage später stand eine Todesanzeige in der Zeitung (siehe oben). Es soll Herzversagen gewesen sein. Wie sich später herausstellte, war es tatsächlich eine andere Petra Müller, auch aus einer ganz anderen Stadt.

Mit den Wahrheiten war das so eine Sache, hatte Peter Schneidewind festgestellt. Manche Leute reagierten eigenartig. Eine ehemalige Kollegin, sie hieß Brigitte, war schon im Ruhestand, lebte allein, betrank sich abends, nahm sich dann das Telefon und klingelte ihre Verwandten durch. Und wenn keiner von ihnen ranging, wählte sie die Nummern von Bekannten oder ehemaligen Kollegen. Wer sich als erster meldete, war das Opfer, wurde zugequatscht und beschimpft. Immer müsse *sie* anrufen, es wäre wie mit den eigenen Kindern, die würden sich auch nicht melden.

Im Radio lief zu jener Zeit gerade ein englischer Hit von den Arctic Monkeys *Why'd you only call me when you're high? –* Warum rufst du mich nur an, wenn du high bist? – Schien ein verbreitetes Problem zu sein.

Peter Schneidewind brauchte diese stundenlangen Telefonate nicht, wollte sich aber dem *Brigitte-Problem* stellen. Also verabredete er sich zu einem Essen mit ihr. Weil *sie* bezahlen wollte, gingen sie zum Chinesen. Sie war anfangs nüchtern und zum Schluss ziemlich betrunken. Trotzdem wagte er es zu sagen: „Liebe Brigitte, ich mache mir Sorgen um dich. Ich hoffe nur, dass du nicht zu viel trinkst, ich meine täglich! Denn wenn du betrunken bist, wählst du alle möglichen Telefonnummern durch und beschimpfst den Nächstbesten. Erst gestern Abend war ich dran."

„Ähm? Weiß ich gar nicht mehr."

„Oh, das weißt du nicht mehr? – Siehst du, das bereitet mir Sorge. Du kannst gerne weitertrinken, auch Leute anrufen und sie belabern. Aber ich *sorge* mich um dich …! Ich glaube, du musst einfach weniger Alkohol …"

Beleidigt griff sie zum Taschentuch: *„Ich geb hier das Essen aus und muss mir so was anhören."*

Peter Schneidewind fragte sich: War das zu direkt?

Später erfuhr er von einer Kollegin, dass Brigitte keinen Kontakt mehr mit ihm wünschte.

Okay, dachte er, *so ist das also: Die reine Wahrheit … sag sie jedem, aber bitte nicht mir.*

Inhaltsstoffe

Neulich … war wieder einmal unsere Zahncreme fast alle. Kein Problem. Zur Kaufhalle wollte ich sowieso noch. – Aber halt! Wo ist denn dieser Testbericht? Ja, da liegt er ja, gleich neben dem Einkaufszettel. Also, auf was soll ich da alles achten? *Fluorid* muss drin sein, hilft gegen Karies. Ganz schädlich sind *Tenside*, die schäumen zwar wunderbar, greifen aber die Schleimhäute an. Und *PEG-Verbindungen* machen sie durchlässiger für Fremdstoffe. *Synthetische Polymere* sind flüssiges Plastik. Ganz schlecht ist *Titandioxid*. Macht zwar die Creme schön hell, ist aber bedenklich für die Gesundheit. *Aluminium* schmirgelt zwar den Schmutz von den Zähnen, soll aber in geringen Mengen … *un*bedenklich sein? *Zink* wirkt antibakteriell, kann jedoch das Immunsystem schwächen …

Mir schwirrte der Kopf. Auf was man alles achten soll! Zum Glück wird im Testbericht auch ein Hersteller genannt, der das alles berücksichtigt.

In meiner Kaufhalle finde ich sogar diese Zahncreme, lege sie in den Einkaufswagen und suche mir die restlichen Lebensmittel zusammen.

Was andere mit abgeknicktem Kopf auf ihr Handydisplay starren; mache ich, um das Kleingedruckte auf den Lebensmittelverpackungen entziffern zu können. Oft werden die Grenzwerte eingehalten. Und wer das alles verträgt, dem gratuliere ich! Aber wehe, man ist da sensibel und verträgt zum Beispiel kein Gluten. Dann hilft auch nicht *Kijimea* aus der Apotheke. Wer das also nicht verträgt, muss auf die Inhaltsstoffe achten. Tabu sind Verdickungsmittel, Emulgatoren, Trennungsmittel. Erlaubt hingegen glutenfreie Leinsamen, Erdnussöl, Kokosblütenzucker, sowie Süßkartoffeln, Avocado, Spitzkohl, Sellerie, Aubergine und Eier.

An der Fleischtheke mache ich mich unbeliebt, wenn ich nach den Gewürzextrakten in der Wurst frage. Ich weiß, dass Zucker im Speck ist. Und meinen Kaffee trinke ich zu Hause nur noch ohne Milch. Alles wegen der Unverträglichkeiten.

Eigentlich bin ich ein folgsamer Typ, mache, was man mir sagt, wechsele nicht andauernd die Bank, bin noch immer bei der Sparkasse und bei der AOK versichert. Ich habe keine Aktien und fahre nicht zu schnell mit meinem Kleinwagen. Ich grüße morgens den Fuchs auf dem Grundstück, denn seine Familie lebte schon vor uns hier. Ich trenne den Müll, gebe pünktlich meine Steuererklärung ab, rauche nicht, trinke nur wenig Alkohol (eigentlich nur in Gesellschaft). Ich esse auch gerne mal einen Apfel. Doch Vorsicht! Immer schön abgewaschen muss er sein, damit all die Pestizide runter sind. Wasser trinke ich nicht mehr aus Plastikflaschen, wegen der Nanoteilchen. Ansonsten halte ich mich an die Tipps der ErnährungsDocs.

Mit meinen Einkäufen fülle ich zu Hause den Kühlschrank und probiere die neue Zahncreme gleich aus: Sie ist nicht weiß, schäumt nicht und schmeckt nicht.

Ich mache alles so, wie man es mir sagt und könnte eigentlich glücklich sein, denn ich bin **up to date**.

Trotzdem werde ich beim Blick in den Kühlschrank traurig, denn das Leben macht keinen Spaß mehr.

Zwei Euro einundfünfzig

Neulich … überlegte Martin Maus, wie das wohl die anderen in seiner Straße machen. Sie fuhren teure Autos, hatten verschmitzte Augen und lächelten ständig. Das gefiel ihm gar nicht. Es drückte so viel aus wie: *Ich habe es geschafft. Ich habe die Welt und ihre Spielregeln verstanden. Ich stehe nicht mehr früh auf, um zu malochen.*

Martin Maus dachte sich: Sollen sie es doch alle so machen. Er wollte auf ehrliche Art etwas erreichen. Deshalb ging er doch tatsächlich einer geregelten Arbeit nach. Für kleine Neben-Einkünfte war er schon offen. Aber von krummen Dingen hielt er nichts. Aus moralischen Gründen. Auch, weil er Angst hatte und sich vor den Konsequenzen scheute, wenn er denn mal ertappt werden würde … Wie aber konnte er legal zu mehr Geld kommen? Sein letzter Blick vor genau zwei Stunden in sein Portemonnaie ließ seine Hände kalt werden: Er entdeckte ganze zwei Euro und einundfünfzig Cent. Nun gut, es war Monatsende. Immerhin kein Minus, dachte er sich, aber etwas mehr wäre schöner!

Es müsste sich etwas ändern und dies am besten gleich.

Zunächst dachte er dabei an seinen Namen. Ein neuer sollte her. Für ein neues Projekt. Statt Martin Maus vielleicht Martin *Müller*? Nein, das wäre zu einfach. Er müsste großartig klingen, prächtig, einzigartig. Er bemühte das Internet. Dies schlug ihm vor: *Magnifico.* Ja, das klingt herrlich und sehr interessant. Er beschloss, sich fortan *Martin Magnifico* zu nennen. Mit diesem Namen müsste sich doch was machen lassen.

Seine Laune verbesserte sich und er hoffte auf die unendlichen Möglichkeiten des weltweiten Webs. Bereits unter seinem alten Namen war er auf mehreren Sozial Media Kanälen unterwegs, verbreitete regelmäßig seine Gedanken, teilte Erfahrungen, schrieb sich alles von der Seele und hoffte so sehr auf abertausende Follower. Da er bisher erfolglos war, fragte er sich, ob seine Inhalte nicht interessant genug seien? Martin Maus war frustriert und enttäuscht. Er müsste noch aktiver werden, und mit seinem neuen Namen *Magnifico* würde das vielleicht gelingen. Und dann hatte er einen genialen Einfall.

Da er wusste, wie es ging, entwickelte er eine Unfall-Warn-App, eine Vorhersage für wenig Geld. Benötigt wurden nur das Auto-Kennzeichen und die geplante Wegstrecke. Der eine Euro tat keinem weh und die errechnete Unfall-Wahrscheinlichkeit ließ die Nutzer langsamer und vorsichtiger fahren. Somit hatten alle etwas davon.

Dank seiner App ratterte die Geldmaschine bereits vierzehn Tage lang. Störungsfrei. *Martin Magnifico* führte endlich ein sorgenfreies Leben, ging jedoch weiterhin arbeiten, aber nun mit einem Lächeln.

Doch dann kam der Tag, an dem sein Schicksal eine Kehrtwende machte. Es geschah natürlich an einem Freitag, den dreizehnten. Kurz vor dem Zubettgehen sah er sich noch einmal die Internet-Nachrichten an, als plötzlich eine Eilmeldung aufploppte: Der polizeibekannte Martin Magnifico ist wieder aktiv und wird jetzt auch von Europol gesucht. Ihm werden zwei Überfälle auf Tankstellen in Deutschland und der Schweiz zugerechnet, des Weiteren ein Raubüberfall in Hamburg und ein versuchter Mord im Berliner Tiergarten. Wer Angaben zu seinem Aufenthaltsort machen kann, wende sich bitte an die Polizeidienst-stelle in seiner Nähe.

Martin Magnifico tobte: „Was ist denn das für ein Typ? Das muss ja ein richtiger Gangster sein!"

Er zog sofort den Stecker, in der Hoffnung, so nicht über die IP-Adresse gefunden zu werden.

„Das kann wieder nur mir passieren", sagte er sich, „ach hätte ich doch bloß vor dem Start meiner neuen App den Namen *Martin Magnifico* gegoogelt."

Der Grünkohlmörder

Neulich … sagte meine Frau: „Schreib doch mal etwas über Gerüche."

Ich kramte in meiner Ideenkiste und fragte: „Was hältst du hiervon: *Ein Mann geht in dichtem Gedränge (vor Corona natürlich) eine S-Bahntreppe hinauf und plötzlich ist da ein verführerischer Duft. Er sucht die Quelle, findet sie aber nicht, wartet stattdessen geduldig auf seine S-Bahn, steigt ein und sieht, trotz voller Bahn, ein freies Abteil. Er drängelt sich durch und setzt sich. Aber nur ganz kurz. Schon ist er wieder hoch, wegen des Geruches! Säuerlich! Erbrochenes auf dem Fußboden. Wieder zurück in Richtung Tür, vortäuschend,* beim nächsten Halt aussteigen zu wollen … *Gerüche. Sie bleiben im Gedächtnis.*"

„Ist dir das passiert?"

„Ja, wie sicherlich jedem schon mal", sagte ich, „aber es gibt auch schöne Erinnerungen: *Meine Oma war immer ganz doll lieb zu mir. Ich durfte zu ihr in den Sommerferien, quasi aufs Land. War den ganzen Tag draußen. Das Abendbrot gab es am großen hölzernen Tisch, Stulle mit Quark und Kräutertee dazu. Vor dem Schlaf umarmte sie mich und drückte meinen Kopf an ihren weichen Körper. Ich war kleiner als sie, reichte ihr bis knapp unter die Schulter. Ich atmete tief ein und wusste sofort:* „Maiglöckchen". Ein anderes Parfum kannte ich damals nicht. Ja, ich würde sie noch heute an ihrem eigenen Geruch erkennen."

„Ein liebes Omilein ist ganz wichtig", sagte meine Frau, „du hast sie ja auch sehr gemocht … Und dann gab es doch mal einen Krimi, der auch von Düften handelte."

Ich kramte in meiner Ideenkiste. „Ja, hier

ist die Notiz: *Eine Einbruchserie konnte den Tatverdächtigen nicht bewiesen werden und es war auch sehr unwahrscheinlich, dass sie, aus einem reichen Elternhaus stammend, es gewesen sein sollten. Doch bei einem neuen Überfall gab es eine Zeugin. Sie war zwar blind, aber mit ihrer Hilfe konnten die Täterinnen überführt werden. Sie, die Zeugin, hatte sie „erschnuppert". Das teure Parfum, das außerhalb des Budgets von Kleinkriminellen lag, hatten sie auch am Tattag angelegt, was ihnen zum Verhängnis wurde. Das Motiv der reichen Mädchen war übrigens Langeweile.*

Das war kaum vorstellbar, aber mal eine neue Idee für einen Kriminalfilm."

„Kannst du dich noch an den *Grünkohlmörder* erinnern?", fragte meine Frau.

„Ja, das war nur eine kleine Meldung. Sie ist kurz erzählt: *In Süddeutschland ging ein Mann zu einer Frau, die ausschließlich im „Homeoffice" arbeitete, einer Prostituierten. Sie verabredeten sich in ihrer Wohnung. Weil*

133

sie zwischen zwei Freiern Hunger hatte, mach-
te sie sich Grünkohl warm und verschlang ihn
regelrecht. Alles Lüften half nicht. Als der Frei-
er die Wohnung betrat, hing der Duft noch
überall. Selbst beim Sprechen roch sie aus dem
Mund nach Grünkohl. Der Freier war außer
sich und brachte sie kurzerhand um.

Diese Nachricht schaffte es damals nicht
in die Tagesschau. Aber ich werde sie in
diesen kleinen Text nehmen."

„Mach das. Und wie willst du enden?"

„Was hältst du von einem Spiel, passend
zum Thema *Gerüche*? Wir ziehen um die
Häuser und wenn der Duft aus den Lüf-
tungsanlagen zu uns herüber weht, raten
wir, was drinnen gekocht wurde."

„Und wenn wir uns nicht einig sind?"

„Dann klingeln wir und fragen ..."

Die offene Rechnung

Neulich … ist mir das schon wieder pas-siert: Zwei Tage vor der *Schreibwerkstatt* habe ich die neue Geschichte nicht fertig. Dabei sehe ich schon die gierige Meute vor mir, die sich ganz leicht mit der Zunge über die Lippen fährt, während ich lese. Nach meinem Vortrag wird sie sich auf mich stürzen und meine Geschichte zerfetzen … Doch diesmal haben sie Pech. Es gibt von mir keinen Beitrag. Nein. Ich werfe ihnen diesmal nichts zum Fraß vor …, denn ich hatte zu tun.

Eigentlich denke ich von mir: Der hats gut, hat nichts zu tun, kann den ganzen

Tag machen, was er will. Eigentlich ist es ja auch so.

Aber dann … geh ich raus, zum Briefkasten, öffne ihn nur leicht, blicke durch den Spalt, sehe nichts, mache den Kasten weit auf und stelle fest, er ist tatsächlich leer! Keine Rechnung drin, nicht einmal Werbung. Über mir höre ich ein leichtes Fiepen und schaue in die riesige Baumkrone der märkischen Waldkiefer. Sie steht knapp vor dem Gartenzaun. Ich lausche, versuche zu verstehen, worüber die Vögel reden, es sind Tagesgäste, die eine passende Nistgelegenheit suchen. Sie haben es auch nicht leicht. Erst vor zwei Wochen hatte sich ein Taubenpärchen in einer Astgabel dieser Kiefer ein Nest gebaut und angefangen zu brüten. Oh, dachte ich, manche Leute sind über Tauben gar nicht erfreut, zumal sie den ganzen Tag stimmaktiv sind, sie balzen und gurren …

Ich wollte mich gerade mit ihnen anfreunden, war mit meinen Überlegungen zur Willkommenskultur noch nicht ganz fertig, als ein Eichhörnchen am Stamm hochkletterte und das Nest plünderte. Leere Eierschalen fielen zu Boden und die Tauben … ja, sie zogen weiter.

Nun sitze ich wieder vor dem Computer und öffne meine angefangene Geschichte. Es muss ja kein *5-Gänge-Menü* werden, ein *Snack* reicht auch … für diese Kritiker.

Zunächst kontrolliere ich mein E-Mail-Postfach, lösche die Werbung, denke gerade darüber nach, was sich Leute alles einfallen lassen, damit ich ihre Mails öffne und meine Zeit verschwende.

Mein Kredit sei genehmigt … (ich habe keinen beantragt), der Lottogewinn steht zur Auszahlung bereit. Wie sollen wir Ihnen das Geld senden? Das Paket befindet sich gerade (ich erwarte kein Paket) … klicken Sie hier, klicken Sie da, … Ihre Umschuldung ist perfekt, schließen Sie noch heute eine Zahnzusatzversicherung ab. Kommen Sie zum Hörtest, wir haben die besten Geräte. Und so weiter und so fort. Bei einer Betreff-Zeile merke ich jedoch auf, sie lautet: *367.291, eine kleine Erinnerung.*

Ich öffne die Mail und werde ganz freundlich an eine offene Rechnung erinnert. Das kann nicht sein, denke ich, denn ich halte viel von *mir.* Ich bin ein ordentlicher Mensch und bezahle immer alles sofort. Folglich sehe ich mir den Absender genauestens an und prüfe den Empfänger (also mich). Es könnte sich um eine Rechnung handeln, die nur einmal jährlich kommt. Ich schaue die Buchungen durch, blättere zurück. Und tatsächlich werde ich fündig. Vor einem Jahr, fast zur selben Zeit, ein fast genauer Betrag, diesmal natürlich leicht erhöht. Aber ich habe keine Rechnung bekommen, das weiß ich ganz genau. Ich will die Angelegenheit schnell klären, rufe an:

Wenn Sie mit der Aufzeichnung des Tele-

fonats für Schulungszwecke einverstanden sind, drücken Sie bitte die 1.

Klick.

Wünschen Sie einen Neukundenvertrag, dann bitte die 2.

Kein Klick.

Sind Sie Bestandskunde? Dann drücken Sie bitte die 3.

Klick.

Die Wartezeit beträgt ungefähr 38 Minuten. Haben Sie von uns ein Telefonzertifikat erhalten? Mit ihm kommen Sie sofort dran. Nennen Sie bitte den achtstelligen Code; oder geben Sie ihn auf der Telefontastatur ein …

Kein Klick.

Ich habe Sie nicht verstanden. – Sie haben kein Telefonzertifikat, dann drücken Sie die 4.

Klick.

Möchten Sie ein Telefonzertifikat innerhalb der nächsten zwei Werktage zugeschickt bekommen, dann sagen Sie bitte laut: Ja! Oder drücken Sie die 5.

Kein Klick.

Ich habe Sie nicht verstanden. – Sie werden jetzt mit dem nächsten freiwerdenden Mitarbeiter verbunden. Die Wartezeit beträgt circa siebenunddreißig Minuten.

Musik wird abgespielt. Nur ganz kurz. Mehrmaliges Knacken in der Leitung, dann habe ich plötzlich jemanden dran, freue mich über eine menschliche Stimme, nenne die Vorgangsnummer, entschuldige mich, behaupte, keine Rechnung bekommen zu haben. Als E-Mail? Oh, dann kann es nur sein, dass ich sie aus Versehen mit diesen Spam-Mails gelöscht habe. Bitte schicken Sie mir die Rechnung einfach noch mal zu.

„Nein, das dürfen wir nicht", sagt die freundliche Stimme. *„Sie können sich alternativ auf unserer Homepage anmelden und ein Kundenkonto eröffnen. Bis es eingerichtet ist, vergehen etwa 48 Stunden."*

„Hm."

„*Das dauert Ihnen zu lange? Dann kann ich die Rechnung noch einmal per Post zuschicken. Dauert mindestens drei Tage, neuerdings.*"

Ich stimme zu und bitte zum Schluss die nette Dame irgendwo zu vermerken, dass ich mich als reumütiger Sünder gemeldet habe.

Ich höre sie lächeln.

Eigentlich bin ich ganz entspannt. Mehr kann ich *für mich* nicht tun.

Ob ich für die (noch) nicht bezahlte Rechnung einen Eintrag bei der Schufa bekomme, sagt mir keiner. – Ist mir auch egal; irgendwie wird es schon weitergehen. Und falls das Geld knapp wird, muss ich zur Not doch meine E-Mails öffnen und endlich den Lottogewinn abrufen …

Work-Life-Balance

Neulich … schnauzte Robert Klein seinen Sohn an: „Du musst dich endlich mal entscheiden! Du warst am Nachmittag wieder nicht bei der Berufsberatung. Die Handwerksbetriebe suchen händeringend Auszubildende …"

„Aber Paps", unterbrach ihn Kevin, *„das ist mir alles zu viel."*

Sie saßen an dem kleinen Tisch im Pavillon. Beide sahen nach draußen. Die Blätter der Laubbäume im Garten bewegten sich nur leicht und das kleine Holz zwischen den zarten Metallstangen wartete auf einen Windstoß.

„Alle wissen, was ich werden soll: Der Ma-the-, der Physik-, der Chemie-, selbst der Sport-lehrer – alle raten mir, ich solle ihr Fach studie-ren … Es gibt noch so viele andere Berufe. Ich weiß, ich soll mich irgendwann entscheiden, aber …"

„Irgendwann? Jetzt bist du sechszehn, ir-gendwann bist du 18, dann 20 und noch immer in der Ausbildung oder im Studi-um. – Du hast so gute Noten. Du kannst al-les werden. Aber entscheide dich!"

„Warum soll ich als Lehrer vor einer Klasse stehen und mich anpöbeln lassen?", fragte Kevin, *„wenn ich doch als Influencer mehr Leute erreichen und viel leichter Geld verdienen kann?"*

Entsetzt fragte Robert: „Du willst auf ei-nem My-Tube-Kanal irgendwelchen Blöd-sinn erzählen? Vielleicht noch über deine Familie? Etwas anderes kennst du ja nicht. – Na, das kann ja heiter werden."

„War doch nur ein Beispiel. Ich könnte auch

Medizin studieren und als Arzt auf dem Land arbeiten. Schön weit weg von euch. Eine halbe Stelle würde mir auch reichen", meinte Kevin.

„Bloß nicht zu viel arbeiten! *Wir* haben uns damals jeden Fortschritt erkämpft. Aber ihr jungen Leute fangt gar nicht erst an, wenn die Eckdaten nicht stimmen. Ihr wollt gleich die Vier-Tage-Woche, Homeoffice und eine Auszeit fest im Vertrag haben. Und sich auf keinen Fall die Finger schmutzig machen", meinte Robert Klein.

„Es sind jetzt andere Zeiten, das mag sein. – Ich lass mich nicht von Anfang an fertig machen. Schau dich mal an, wie geschafft du bist. Selbst dieses kleine Gespräch regt dich auf. Burnout muss nicht sein."

Ruhig versuchte es sein Vater erneut: „Was ist mit der Bundeswehr? Die suchen ständig gute Leute und der Job ist sicher."

„Lass mal. Bundeswehr ist abgehakt. Zum Glück gibt es keine Wehrpflicht mehr."

„Und wenn du in die Politik gehst? –

Nach einem *abgeschlossenen* Studium natürlich?"

„Ach weißt du, Paps, ich merk' es doch, du willst mich so schnell wie möglich aus dem Haus haben. Versteh ich ja. – In die Politik gehen ...? Nenn mir mal ein Vorbild. Was soll ich von Politikern halten, wenn sie mit zweierlei Maß messen? Nimm doch nur mal die Flugrouten über Berlin. In westliche Richtung wurde die Wannsee-Route gekippt, weil es ein Erholungsgebiet ist. Gut, aber nach Osten darf über den Müggelsee geflogen werden, obwohl es ein Trinkwasserschutzgebiet ist."

„Das verstehst du nicht", erwiderte Robert, „wenn in beide Richtungen nur geradeaus gestartet und gelandet werden dürfte, wäre der BER erledigt. Und in 600 Meter Höhe ist der Lärm über dem Müggelsee doch erträglich."

„Über dem Wannsee hätten die Flugzeuge bereits eine Höhe von 1500 Meter."

„Hör jetzt endlich auf", sagte der Vater.

Warum hab ich nur so einen aufsässigen Sohn, dachte er sich.

„Oder denk nur ans Fracking", machte Kevin weiter. *„Diese verteufelte Technologie. Spätestens seit Michael Moore's Film weiß jeder Bescheid. – Wie kann ein Politiker dafür sein und dieses Flüssiggas einkaufen?"* Kevin beobachtete gelassen das kleine Holz zwischen den zarten Metallstangen und wartete auf eine Antwort seines Vaters.

„Weil die Politiker glauben, dass unser Land für geschätzte zehn Jahre unabhängig wäre vom Ölmarkt. Und du merkst doch, wie die Benzinpreise stabil bleiben."

„Wie heißen diese Politiker-Flüsterer?", fragte Kevin.

„Du meinst die Lobbyisten?"

„Ja. Warum hat die Bevölkerung eigentlich keine Lobbyisten? Das frag ich mich."

„Kevin!", ermahnte ihn sein Vater, „haste sonst noch was zu meckern?"

„Ja, klar. – Warum werden so viele Dinge

hergestellt, die den Menschen schaden?"

„Was kommt denn jetzt noch? Flüssiggas hatten wir. Vielleicht Lebensmittel?"

„Ja. Warum nicht. Nun haben die Politiker endlich mal kalte Füße bekommen und den Gen-Mais bei uns nicht zugelassen. Auf Druck von unten! Schwups kommen die Hersteller durch die Hintertür und beantragen die Zulassung als Futtermittel."

„Vielleicht ist es *dann* nicht mehr ganz so schlimm?", wollte Robert Klein einlenken.

„Nein", sagte Kevin, *„die Tiere wurden krank oder verstarben an Krebs. – Es geht doch nur um den Profit. Immer schön die Grenzwerte einhalten und diese am besten selbst festlegen."*

„Ach, mein lieber Kevin, das hört sich bei dir alles so pessimistisch an." Robert zog seinen Sohn zu sich heran und drückte ihn.

Kevin fragte: *„Gibt es nicht ein Land, in dem das Volk mehr zu sagen hat?"*

„Ja, schon. Die Schweiz. – Da redet das

148

Volk viel mehr mit."

Kevin überlegte: *„Hm, was passiert eigentlich, wenn die Welt einmal untergeht? Gilt das dann auch für die Schweiz?"*

„Ja, sicher! Aber erst nach einem Volksentscheid", prustete Robert Klein los.

Jetzt berührte das kleine Holz die zarten Metallstangen und brachte endlich einen leisen Ton hervor. Beide, Vater und Sohn, mussten schmunzeln.

Schließlich meinte Kevin: *„Früher habt ihr alle einen Beruf in der Nähe erlernt. Was es eben gerade gab. Nur, ich will selbst entscheiden. Und dass du dich um mich sorgst, find ich prima. – Aber, steckt da noch was anderes hinter?"*

„Nun ja …", druckste Robert herum, „wir, also deine Eltern, wollen das Haus verkaufen und uns eine Wohnung nehmen. Und das schon sehr bald."

Das Geheimnis

Neulich …, es war am 22. Dezember, sagte Elfi zu ihrer Freundin: „Das wird kein richtiges Fest, Waltraud, stell dir vor, ich darf keine echten Kerzen mehr am Christbaum haben."

„Wer verbietet denn so etwas? Hat sich das wieder die Regierung ausgedacht?"

„Nein, diesmal nicht. Meine ganze Familie will das so. Alle."

„Das dürfen die dir gar nicht verbieten. Erst wenn du entmündigt bist. – Bist du das?"

„Nein, aber eine Vorsorge-Vollmacht habe ich ihnen schon erteilt. Ich dachte ja nicht, dass sie jetzt an meine Weihnachtsbaumkerzen ranwollen."

„*Wie, die wollen die haben? So richtig mit abgeben und so?*"

„Naja, sie sorgen sich, sagen sie. Und da wäre es besser, wenn ich keine mehr im Hause hätte."

„*Aber Elfi, wir beide sind im gleichen Alter und haben doch jahrelang … Was soll denn da passieren?*", fragte Waltraud.

„Nun ja, ich bin doch immer so müde, schlafe bei jeder Gelegenheit ein. Kaum sitze ich in einem Sessel … schwups fallen mir die Augen zu."

„*Na und? Wenn dein Körper den Schlaf braucht, dann holt er ihn sich.*"

„So sehe ich das auch", sagte Elfi, „mich stört das nicht. Hab schließlich Zeit ohne Ende, mit meinen einundachtzig Jahren. Ich bin da ganz entspannt."

„*Aber?*"

„Nun ja, sie wollen mich *schützen*. Wollen keinen Wohnungsbrand und kein verkohltes Omilein."

„*Das kann ich verstehen*", sagte Waltraud ironisch, „*die Sauerei, der Schmutz und die Rennereien. Polizei. Versicherung. Vermieter. Bestatter …*"

„Schon gut, schon gut", beschwichtigte Elfi sie, „ich bin ja einsichtig, will keinem schaden, und mir schon gar nicht. Aber ohne echte, brennende Kerzen ist das kein richtiges Weihnachten."

Nun überlegte Waltraud: „*Wie groß ist eigentlich deine Sippe?*"

„In der Umgebung sind es neunundzwanzig, also fünf Familien."

„*Und alle haben echte Kerzen am Baum?*"

„Nein, nur noch eine. Den anderen ist es zu gefährlich wegen der Kinder. Und überhaupt. Die Zeiten haben sich geändert. Die weihnachtlichen Traditionen, wie wir sie noch kennen, werden nicht mehr gelebt."

„*Hm. Aber bei der echte-Kerzen-am-Baum-Familie biste eingeladen?*"

„Ja, am ersten Weihnachtstag. Aber mir ist das an Heiligabend so wichtig."

„Ich überleg gerade", sagte Waltraud, *„welcher Enkel steht dir am nächsten?"*

„Spontan fällt mir der Sven ein. Ja, der mag mich sehr. Warum fragst du?"

Verschwörerisch antwortete sie: *„Lass mich mal machen. – Überraschung."* Waltraud hatte einen Tag, um alles zu organisieren.

An Heiligabend klingelte es ständig an Elfis Wohnungstür. Irgendwie kamen alle Familienmitglieder vorbei, immer schön zeitversetzt, es waren nie zu viele da. Alle machten etwas, ob in der Küche oder im Wohnzimmer. Nachmittags war der Weihnachtsbaum aufgestellt und geschmückt. Mit elektrischen Kerzen natürlich.

Die Demenz-Variante, dachte sich Elfi. Glückwünsche und Grüße wurden ausgerichtet. Auch vom Sven, der würde es erst später schaffen. Nach der Bescherung.

Um acht Uhr abends kam endlich Sven vorbei: *„Frohe Weihnachten, Omilein. Ich habe eine Überraschung für dich. Es muss aber unter uns bleiben."*

Er packte die mitgebrachten Baumkerzen aus, drückte sie in die Halterungen und befestigte sie am Weihnachtsbaum. Die elektrischen Kerzen machte er aus.

„Soll ich?", fragte er seine Omi.

„Ja", rief sie begeistert.

Sven zündete die echten Kerzen an, und setzte sich zur Omi aufs Sofa. Beide bestaunten den leuchtenden Baum. In Omi Elfis Augen sammelten sich Tränen und mit belegter Stimme sagte sie: „Jetzt ist *richtig* Weihnachten!"

Sven freute sich, dass Omi Elfi sich freute. Dann las er alte Geschichten vor, die sie früher ihm, dem Enkel, vorgelesen hatte. Sie kannte die Geschichten alle noch, flüsterte sie anfangs mit, lehnte ihren Kopf an seine Schulter und es dauerte nicht lange, bis Omi Elfi selig eingeschlafen war. Sven las noch eine Weile, dann rückte er vorsichtig zwei Kissen an Omis Schulter.

Ihr Schlaf war zum Glück tief. So konnte er in aller Ruhe die Kerzen auspusten und samt Halterungen entfernen.

Sven machte die elektrische Lichterkette wieder an und legte noch einen Zettel auf den Tisch: Wir sehen uns am zweiten Weihnachtstag. Dein Sven.

Dann zog er ganz leise die Wohnungstür hinter sich zu.

Gegen Mitternacht wachte Omi Elfi auf. Sie rieb sich die Augen, sah den Baum mit den elektrischen Kerzen leuchten und fand den Zettel vom Sven.

Er war also doch hier, dachte sie. Und ich hab's nicht nur geträumt. Danke, lieber Sven, es war wunderschön. Und es bleibt unser Geheimnis. Versprochen.

Das Kennwort

Neulich …, kurz nachdem das Telefon-Banking erfunden wurde, lag Klaus Begier auf seiner Liege Nr. 4 und drehte sich gerade von einer Seite auf die andere. Plötzlich hörte er das Motorengeräusch eines ankommenden Wasserflugzeuges, sprang sofort auf und rannte mit seinem Fotoapparat zur anderen Seite der Insel. Dorthin, wo die Flugzeuge immer im Wasser landeten. Für diesen kurzen Sprint brauchte er inzwischen nur noch 10 Sekunden. Eine gute Zeit für einen 45jährigen Bankangestellten. Bisher hatte er es noch nicht geschafft, ein Flugzeug kurz vor dem Auf-

setzen und bei gutem Lichteinfall zu fotografieren. Aber diesmal stand die Sonne
günstig, und Klaus war rechtzeitig mit seinem Fotoapparat bereit.

Eine ganze Woche war er nun schon auf
der Insel Vilu Reef, hatte alle erdenklichen
Fotos gemacht: Palmenstrand mit Sonne
von rechts, Palmenstrand mit Sonne von
links, einen Pelikan in Nahaufnahme und
einen Fischreiher halb nah. Dann Unter-
wasseraufnahmen von Fischschwärmen,
kleinen Schwarzflossenhaien und Flötenfi-
schen, einer Muräne, dann wieder Palmenstrand mit Gewitterstimmung, kleine Fi-
scherboote in der Abendsonne, ankom-
mende und abreisende Touristen, den
Händedruck vom Insel-Chef. Und nun das
Wasserflugzeug in bestem Licht. Klaus Begier hatte von den Hotelangestellten bereits einen Spitznamen bekommen: er war
jetzt der *Foto-Mann*. Da schwang Anerken-
nung, aber auch Argwohn mit; denn alles

und jede Situation wollten sie gar nicht fotografiert wissen.

Auf Vilu Reef suchte Klaus Begier Entspannung. Er wollte dem nasskalten Dezember in Deutschland für zwei Wochen entfliehen, Sonne tanken, nicht zu viel, nicht zu wenig. Im letzten Jahr hatte er die Karibik gewählt, nachdem ihm im Jahr zuvor die Balearen viel zu kalt gewesen waren.

Die Insel im South Nilandhe Atoll lag 4.000 Meter über dem Meeres*grund*, bot aber nur wenig festen Boden *über* dem Wasser, war umgeben von einem breiten Riff, das die kleine Insel vor Wellen schützte. Hier hatte die Natur das Sagen, man spürte es deutlich. Eine Sturmflut könnte die Palmen knicken, die Bungalows und die Menschen wegspülen, und am nächsten Tag würde man nichts mehr vorfinden …

Tageszeitungen gab es hier nicht, auch

kein Radio oder Fernsehen. Hier war man abgeschaltet. Die ersten Tage vergingen schnell. Immer nur essen, trinken, sonnen, schlafen … Erholung der einfachen Art. Ein Inselrundgang dauerte fünfzehn Minuten. Nun hatte er schon sieben Tage so ausgehalten; und es schlich sich bei ihm etwas Langeweile ein. Klaus Begier sehnte sich so sehr nach einem Gesprächspartner … aber hier auf der Insel gab es keine allein Reisenden.

Gegen die Langeweile wurden Tauch- und Surfkurse angeboten, Kanufahrten und Katamaran-Segeln, Hochseefischen und Inselspringen – alles natürlich gegen Aufpreis, in Dollar. Aber für sich allein wollte er das nicht; und sich irgendwelchen Paaren anschließen war auch nicht sein Ding.

Klaus Begier konnte sich beim Lesen nur noch schlecht konzentrieren. Er dachte immer öfter an seine Arbeit, an den Börsenalltag, die Hektik, den Nervenkitzel. Auf seinen zuletzt gelandeten Coup war er noch immer stolz, hatte Gewinn gemacht, ohne eigene Mittel zu riskieren, nur mit seinem Wissen und mit etwas Glück. Er durfte es aber nicht übertreiben. Und keiner sollte es mitbekommen, dass er manchmal aus Kundengeldern *für sich* Kapital schlug; denn das wäre ein Kündigungsgrund.

Die Landung des Wasserflugzeuges hatte er nun endlich auf seinem Film festgehalten. Ihn berührte es noch immer, dass hier die Touristen quasi vom Himmel fielen. Die Insel lag über vier Stunden mit dem Motorschnellboot von der Hauptstadt Male entfernt. Für viele Gäste war dies nach langer Anreise eine zu große Entfernung. Aber durch die kleine Flugstaffel mit englischem Personal konnten nun die weiter entlegenen Inseln in nur 30 Minuten erreicht werden. Für die Malediven bedeutete dies mehr Einnahmen durch den Tourismus. Allerdings wurden auch weitere Inseln zur Vermarktung freigegeben. Mischformen wurden nicht zugelassen. Es gab Inseln nur für Einheimische, oder nur für Touristen und natürlich viele unbewohnte Inseln.

Endlich wurde das Wasserflugzeug an der schwimmenden Plattform festgemacht. Ein Boot brachte die Gäste von dort an Land. Klaus Begier stand noch immer da, kam sich vor, als würde er jemanden erwarten oder abholen wollen. Die Ankunft neuer Touristen – das bedeutete Abwechslung, das war ein Ereignis. Der Inselchef begrüßte die Gäste persönlich, und Klaus Begier fotografierte deren Ankunft. Es waren genau fünf. Das ließ hoffen. Vielleicht reiste ja doch jemand allein, mit dem er plaudern könnte. Nach der Begrüßung war alles klar: zwei Paare und eine Frau etwas abseits, also allein unterwegs. Klaus stellte sich vor, sie anzusprechen und mit ihr eine

Woche lang gemeinsam über die Insel zu ziehen. Er würde ihr alles erklären, auf jede Frage eine Antwort haben, Ausflüge mit ihr machen … In seinen Gedanken sah er bereits die Fotos von ihr … und auf einmal schien sie ihm so vertraut. Er glaubte, sie bereits zu kennen.

Mit einer leichten Verbeugung sprach er sie an: „Verzeihung, die Fotos von der Begrüßung können Sie natürlich bekommen, wenn …"

„Wenn der Urlaub vorbei ist. Das kenne ich bereits aus dem Spreewald."

„Hey, Sie sprechen deutsch. Da habe ich aber Glück, dass Sie zum Beispiel keine Spanierin sind."

„Nein, bin ich nicht. Sehe ich so aus?"

„Nein. Aber wie war das nun im Spreewald?"

„Die Bilder waren nach der Kahnfahrt fertig."

„Nun, wir sind hier auf den Malediven."

„Das bedeutet?"

„Hier dauert alles etwas länger. Ein Fotolabor auf der Insel gibt es nicht."

„Das heißt?"

„Sie können die Bilder später von mir zugeschickt bekommen."

„Das überleg' ich mir noch", sagte sie und stapfte durch den Sand dem Boy nach, der mit ihrem Gepäck auf der Schulter zum Bungalow marschierte.

Es war 18.00 Uhr. Die Sonne verschwand hinterm Horizont. Die Dämmerung dauerte nur wenige Minuten, der Tag war vorüber, es gab Abendbrot. Buffet, Selbstbedienung. Klaus suchte sich gern die besten Stücke aus, und er war mit seiner Einstellung nicht allein auf dieser Insel. Und dann wollte er *sie* nicht verpassen. – Da! Das war sie doch! Mit schnellen Schritten war er um den langen Buffet-Tisch herum. Von der Seite sprach er sie an: „Den Fisch müssen

Sie unbedingt probieren. Mögen Sie …?"

„Ja, schon." Sie sah ihn nicht an, wählte ihre Häppchen alleine aus.

„Der ist natürlich ganz frisch. Wir sind ja nur so umgeben vom Meer. Manchmal kommt es mir schon unheimlich vor …"

„Ach, ja?" Sie versuchte, kurz zu bleiben, wollte nicht groß auf ihn eingehen und bald wieder weg sein.

„Ja. Das Meer ist einfach da", redete er weiter, „überall um uns herum. Und die Insel ragt vielleicht zwei Meter aus dem Wasser heraus. Einen großen Sturm möchte ich hier nicht erleben. Verdammt wenig Boden unter den Füßen." Verkrampft lächelte er.

„Und weil die Insel so flach ist", sagte sie ironisch, *„stranden hier die Fische, und der Koch braucht sie nur noch aufzusammeln. – Ist es nicht so?"*, fragte sie spöttisch.

„Davon habe ich noch nichts gehört", sagte Klaus Begier und dachte so bei sich: Auf den Mund gefallen ist sie nicht. „Darf ich Sie an meinen Tisch bitten? Sie haben doch noch keinen Platz zugewiesen bekommen, oder?"

Die Frage ließ sie unbeantwortet, folgte aber der Einladung dieser Quasselstrippe, ein *Mister weiß alles*. Das war ihre erste Einschätzung.

Der Tisch, an den sie sich setzten, bot einen freien Blick aufs Meer. Sie war wegen der Luftveränderung, der Sonne und der Stille hier, und nicht, um ein Problem zu bekommen. Trotzdem dachte sie sich: Vielleicht ist ja ein Begleiter gar nicht so verkehrt?

Der Kellner brachte die Getränke. Nun konnte sie mit dem Essen beginnen. Aus reiner Höflichkeit nickte sie ihrem Tischherrn zu, ohne mit ihm ein weiteres Wort zu wechseln.

Zehn Minuten hielt es Klaus Begier so aus. Dann fing er wieder an: „Als ich Sie vorhin am Buffet sah, wollte ich beginnen mit: Verzeihung, aber haben wir uns nicht schon mal gesehen? – Ich weiß, es ist die blödeste Frage, die man 5.000 Kilometer entfernt von zu Hause einer allein reisenden Frau stellen kann."

Sie sagte sachlich: „*Stimmt.*"

Klaus Begier holte tief Luft: „Sie machen es mir aber nicht leicht …"

„*Warum auch? Vielleicht sind Sie ein so mitteilsamer Mensch, dass ich Sie die restliche Zeit nicht mehr loswerde?*"

„Das hat aber gesessen!"

„*Im Übrigen … Kennen Sie den? Sitzen zwei Engländer drei Stunden lang in einer vollen Gaststätte nebeneinander und reden kein einziges Wort miteinander. – Warum nicht?*"

„ --- ."

„*Weil sie keiner miteinander bekannt gemacht hat.*"

„Das ist mir aber peinlich … Wie kann ich denn *das* wieder gutmachen?"

Sie sah von ihrem Dessert auf: „*Indem Sie*

sich vorstellen!"

Etwas irritiert, ob der direkten Art, begann er, nannte artig seinen Namen, erzählte von seiner Ausbildung zum Finanzkaufmann, seiner beruflichen Chance, die er bei der Bank bekommen hatte, und von seinem Aufstieg ins Finanzcenter einer Direktbank. Ihm würde alles sehr gefallen; aber der direkte Kundenkontakt fehle ihm sehr. Sich gegenübersitzen ist nicht mehr; alles erfolgt nur noch telefonisch. Umso mehr würde ihn ein Urlaubsgespräch freuen – völlig unverbindlich alles. Und vielleicht könne der eine noch etwas vom anderen lernen. Dabei dachte er mehr an sein Gegenüber.

Jetzt wusste sie, woran sie war. Ein Anzugtyp, sicherlich raffiniert, was das Geldgeschäft anging. Und eine Lektion erwartete sie: Was mache ich wie – richtig? Ein allein reisender Missionar? Aber was ging es sie an? Sabine Krause war zufrieden. Sie hatte sich eingerichtet im Leben, hatte Arbeit. Als gelernte Bürokauffrau war sie für einen Zeitschriftenverlag tätig. Die Kundenbetreuung lief hauptsächlich telefonisch ab. In einer Schicht versuchten bis zu 6.000 Kunden den Verlag zu erreichen. Jeder der 40 Mitarbeitenden im Callcenter führte pro Tag circa 150 Gespräche – und das von Montag bis Freitag. Zum Glück dauerten die Gespräche nicht zu lang, es waren schließlich die Telefongebühren der Anrufer. Oft ging es um Sachfragen. Aber 150 Leute wollten erst einmal zufriedengestellt werden. Denn der Verlag brauchte jeden Abonnenten …

„Kann ich Sie zu Ihrem Bungalow begleiten?", fragte Klaus Begier.

„Nein. Ich möchte ganz allein am Meer sitzen, und allein zu Bett gehen, frühzeitig."

„Das war wieder deutlich."

Sie musste an ihren Dienst denken: Den Anrufer nicht zu sehr verärgern … Deshalb lenkte sie ein: *„Was halten Sie davon: Wir sehen uns zu den Essenszeiten. Und Sie machen mir Vorschläge für jeden Tag. Ob ich sie annehme, bleibt mir überlassen."*

„Abgemacht", sagte Klaus und hielt seinen Strohhalm fest in der Hand.

„Bis morgen", sagte sie, stand auf und ließ ihn zurück.

Ganz entspannt bummelte sie am Strand. Bei gefühlten 25 Grad Celsius brauchte sie keine Jacke. Auch hatte sie keine Angst, allein zu sein. Es war ihr erster Abend auf Vilu Reef. Die flachen Wellen berührten zart die Insel. Das Meer wirkte auch hier beruhigend auf Sabine. Dieser sich ständig wiederholende Wellenschlag war für sie ein Ausdruck von Ewigkeit. Ihn würde es auch noch lange nach ihrem Leben geben. Wer sollte das Meer davon abhalten? Der Mensch? Der war viel zu schwach. Nur manchmal ärgerte er die Natur.

Als sie sich endlich sattgesehen und am

Meeresrauschen sattgehört hatte, suchte sie ihren Bungalow auf. Schlafen würde sie wohl gut, so müde wie sie von der Reise war. Einen ganzen Tag hatte das Umsetzen von einer Insel zur nächsten gedauert. Die erste Woche verbrachte Sabine südlich von Male auf Maayaafushi und obwohl Vilu Reef noch weiter südlich lag, musste sie zunächst zum Flughafen bei Male zurückkehren, um dann zur zweiten Insel zu kommen. Einen direkten Weiterflug von einer Insel zur nächsten gab es nicht.

Zum Frühstück ging sie sehr spät.

Klaus Begier begrüßte sie: „Ich wollte schon an der Rezeption fragen, ob Sie vielleicht heimlich abgereist seien. Aber das geht hier zum Glück nun wirklich nicht so ohne weiteres. – Gefrühstückt habe ich bereits, aber ich leiste Ihnen natürlich gern Gesellschaft."

„Das ist aber nett von Ihnen", sagte Sabine.

Sie suchte sich am Buffet Süßes zusammen, Brot und Kaffee. Sie wusste, dass er sie bald ausfragen würde, aber viel erzählen wollte sie nicht.

„Wo habe ich Sie schon mal gesehen …? Ich komme nicht drauf", begann Klaus Begier.

„Es ist noch gar nicht so lange her", antwortete Sabine. *„Sie haben ein schlechtes Personengedächtnis."*

„Meinen Sie wirklich, dass wir uns schon mal gesehen haben? Es gibt 80 Millionen Deutsche. – Da verzeihen Sie mir bitte, dass ich Sie nicht sofort zuordnen kann …"

„Es sei Ihnen verziehen. Eine kleine Hilfestellung: Wir haben uns gesehen; aber wir hatten nicht miteinander gesprochen."

„Hm? – Nein, ich weiß wirklich nicht. Spannen Sie mich nicht länger auf die Folter, bitte!"

„Wir saßen beide im selben Flugzeug, das vor einer Woche nach Male flog."

„Wirklich? Und wo waren Sie in der ersten Woche?"

„Auf Maayaafushi, einer anderen Insel. Ich habe mir die zwei Wochen auf den Malediven geteilt."

„Tolle Idee! Warum bin *ich* nicht darauf gekommen?"

„Weil Sie nicht clever sind? – Wie war das noch, wer wollte von wem lernen?"

„Ähm."

„Welchen Vorschlag haben Sie für den heutigen Tag?", fragte Sabine.

„Ich habe da zwei im Angebot: Einen fürs Leben und einen für heute."

„Na, da bin ich aber gespannt."

„Wie Sie wissen, spielen die Finanzen in meinem Leben eine große Rolle. Dienstlich. Und privat."

„… ich mache Urlaub", unterbrach sie ihn, *„bitte erst den anderen Vorschlag."*

„Gut. Wir könnten über die Insel spazieren, und ich zeige Ihnen jede Palme."

„*Vorschlag angenommen, mit einer Ausnahme: Ich gehe allein – und wenn ich eine Frage habe, wende ich mich an Sie. – Einverstanden?*"

Er nickte, sagte artig seine Bungalow-Nummer. Er wäre immer dort, oder am Strand, oder irgendwo anders auf der Insel. Man würde sich schon finden.

„*Und jetzt der Tipp fürs Leben, aber bitte kurz*", bat Sabine.

„Ich versuche es: Haben Sie sich schon mal gefragt, wie Sie jeden Monat mehr Geld in den Händen halten könnten?"

„*Ja, wer fragt sich das nicht?*", sagte sie, „*das Geld zusammenhalten, wenig ausgeben, sich nicht von der Werbung verleiten lassen.*"

„Völlig richtiger Ansatz. Ich meine aber zunächst, wie man mehr ausgezahlt bekommen kann: Nehmen wir zum Beispiel Ihre Krankenversicherung."

„*Halt!*", sagte Sabine und hob zur Unterstützung ihre rechte Hand. „*Aber den Tipp kenne ich schon. Den Tausender im Jahr habe ich mir schon gesichert."*

„Das finde ich beachtlich. Wenn Sie wüssten, wie viele aus reiner Trägheit noch immer in der AOK sind und ihr Konto bei der Sparkasse haben. Ich ziehe den Hut." Er griff in seinen Haarschopf und deutete eine Verbeugung an. „Ich bin mir aber sicher, dass Sie wenigstens *einen* guten Tipp von mir mit nach Hause nehmen werden."

„Ich hoffe sehr", sagte Sabine. *„Auf Ihren nächsten Rat bin ich wirklich gespannt … Dazwischen liegt aber ein langer Sonnen-Urlaubstag."* Sabine lächelte ihn an.

Nach ihrem Spaziergang gestern Abend im Dunkeln, machte sie sich nun auf, die kleine Insel bei Tag zu erlaufen.

An der einen Stelle hatte sie etwas Eigenartiges entdeckt. Im Wasser lag ein Rohr. Da wollte sie noch einmal bei Tageslicht hin. Aus Neugierde. Sabine interessierte sich schon immer für Zusammenhänge.

Mit Taucherbrille und Schnorchel in den Händen machte sie sich auf. Palmen, weißer Sandstrand, türkisfarbenes Meer und abermals Palmen. Klare, warme Luft – das waren die Eindrücke, die sie sich fest einprägen wollte. Sicher ein Klischee – aber ein schönes.

Im seichten Wasser bewegte sich Sabine wie ein lebensfroher Fisch. Im inneren Teil des Riffs war das Wasser flach und lichtdurchflutet. Mit ihrer Taucherbrille konnte sie meterweit sehen. Eine riesige Aquarien-Welt tat sich ihr auf. Zu schön: Kitschig bunte Fische; hier lebten sie und präsentierten ihre Farben im nahen Vorbeischwimmen. Sabine und auch die Fische waren aneinander interessiert, beide wollten mal sehen, wer oder was da im Wasser schwamm. Misstrauisch waren die Fische nicht, sie kamen so nah heran, dass sie Sabine fast berührten … und dann fand sie das Rohr wieder und sah, wie es auf einmal im Riff verschwand. Aber wie sollte sie darüber kommen?

Um eine Pause zu machen, stellte sich Sabine einfach mal hin. So konnte sie andere Gäste der Insel beobachten. Sie sah eine Frau am Strand, die fortwährend ihren Kopf schüttelte. Sie wirkte traurig. Sabine überlegte kurz, dann ging sie auf sie zu: *„Verzeihung, kann ich Ihnen helfen?"*

„Ich glaube nicht …", antwortete sie auf Deutsch. „Ich möchte am liebsten wieder abreisen. Wenn man das hier sieht …"

Sabine sah sie fragend an: *„Aber die bunten Fische sind doch eine wahre Pracht."* Sie zeigte ins Wasser, als wolle sie sie zum Schnorcheln einladen.

„Nein, nicht die Fische. Die Korallen! Alle sind abgestorben. Hätten die mir *das* im Reisebüro gesagt, wäre ich nicht hierher geflogen. Die Korallen sind alle tot."

„Das habe ich gar nicht bemerkt. – Ich kannte

es ja nicht anders."

„Wir waren schon vor Jahren hier. Die herrlich bunte Fischwelt ist nur die eine Seite; aber die Korallen … Sie hätten sie mal sehen sollen, als sie noch lebten, alle so farbenfroh: Von zart rosa bis tief dunkelblau. Jetzt sind sie alle tot. Nur noch grau. Was richten die Menschen bloß alles an?"

„Die Menschen? Hier auf der Insel?"

„Die auch. – Sehen Sie nur den Qualm da drüben auf der Nachbarinsel. Sie ist unbewohnt, dort wird der Müll verbrannt. Unsere Abfälle. Sie warten auf eine bestimmte Windrichtung, und dann wird Feuer gemacht. Der Qualm zieht aufs Meer."

„Und was nicht brennt?"

„Das wird ins Meer geworfen."

„Glaub' ich nicht."

„Dann müssen Sie mal nachts um halb zwölf am Strand sein. – Vielleicht muss man es erst gesehen haben, um es zu glauben!", sagte die Frau traurig. Ihr herbeigeeilter Mann versuchte sie zu trösten: „Im Reisebüro hätten sie es einem sagen müssen, dass das Meer überhitzt war. Nur *das* kann die Ursache für das Korallensterben gewesen sein. – Aber so etwas wissen die doch im Büro. Ich kann mir nicht vorstellen, dass kein Tourist etwas gesagt hat. Die wussten das", wiederholte er sich.

Wie zur Entschuldigung sagte Sabine: *„Aber in der Presse habe ich davon nichts gelesen."*

„Wer sollte auch an einer Veröffentlichung Interesse haben? Etwa die Tourismus-Industrie?", fragte der Mann.

So, wie die Frau anfangs sprechen wollte, mochte sie nun wieder schweigen. Ihr Mann nahm sie in den Arm und drückte sie. Sabine sah, wie der Frau die Tränen in die Augen traten. Sie nickten sich noch einmal zu, wie zur Verabschiedung. Ganz langsam entfernte sich Sabine, setzte sich wieder die Taucherbrille auf und schnorchelte im seichten Wasser immer am Riff entlang. Und dann fand sie den Durchgang zum offenen Meer! In das Riff war einen Meter tief ein kleiner Weg geschlagen. Sie stellte sich hin und ging ein paar Schritte bis zur Außenkante. Vor ihr lag das riesige Meer mit seiner unendlichen Tiefe. Wenn weiter, dann nur schwimmend. Wenn neugierig, dann jetzt.

Sie wagte sich und war nun außerhalb, schwamm immer am Riff entlang. Das Meer war hier draußen dunkler, und die Strömung schob sie ganz leicht am Riff entlang. Sie kam auch an der Stelle vorbei, an der das Rohr durch das Riff getrieben worden war. Im offenen Meer endete es, und sie sah, wie sich stoßweise dunkle Flüssigkeit in das Meer ergoss. Hier wurden Fäkalien und alles, was flüssig war, offensichtlich von der Hotelanlage ungeklärt ausgeleitet. Als sie das sah, wollte sie nur noch zurück. Doch jetzt musste sie gegen die

Strömung schwimmen, immer schön am Riff entlang. Sie fühlte sich wie in einem Trainingslager; aber ohne Trainer. Nur zentimeterweise kam sie voran. Hätte sie doch nur irgendjemandem Bescheid gesagt! Sie brauchte ihre ganze Kraft. – Völlig erschöpft kam sie endlich am Durchgang im Riff an. Wieder zurück im Innenbereich erholte sie sich erst einmal. Sie ließ die helle, freundliche Welt auf sich wirken, und sie erfreute sich an den bunten, unschuldigen Fischen, die ihre Bahnen zogen vor einer grauen Kulisse. Sabine versuchte, sich die Korallen farbig vorzustellen. Es wollte ihr nicht so recht gelingen …

Am Strand suchte Klaus Begier nach kleinen Muscheln und anderem Strandgut zur Erinnerung an diesen Urlaub. Er war nun schon neun Tage auf der Insel, war braungebrannt und musste in den Schatten der Palmen, um nicht zu verbrennen. Als er Sabine im Wasser entdeckte, setzte er sich auf einen Palmenstumpf und beobachtete sie beim Schnorcheln. Dabei fiel ihm auf, dass Schnorcheln immer etwas ungeschickt aussieht. Sabine lag im Wasser mit dem Gesicht nach unten, sie machte nur wenige Bewegungen. So konnte sie die Fische durch ihre Taucherbrille unter Wasser besser sehen.

Klaus Begier wollte Sabine nicht rufen. Während er auf sie wartete, sah er einer Krabbe zu, wie sie an ihrem Unterschlupf arbeitete. Vom Wasser weit genug weg, hatte sie sich im Strand eingegraben. Ihr Bauwerk schien jedoch eingestürzt zu sein. Sie war mit dem Wiederaufbau beschäftigt, holte dabei aus dem Innern Sand, so viel sie tragen konnte, sah vorsichtig aus ihrem Eingang heraus, lief, nachdem für sie keine Gefahr zu erkennen war, circa 30 cm weit weg, hielt inne, vollführte eine plötzliche Drehbewegung um 180 Grad, warf dabei ihren Sand über 10 cm weit weg und eilte zurück in ihren Bau. Das Ganze dauerte nur wenige Sekunden. Anschließend wieder völlige Ruhe. Zu sehen war nur noch ein kleines Loch im Sandstrand, etwas loser Sand in einiger Entfernung und die winzigen Spuren der Krabbe. – Wie oft mochte sie laufen, bis ihre Unterkunft fertig war? Wie oft wurde schon ihr Bau zerstört; gewollt oder ungewollt zertreten? Wie lange würde sie für die Einsicht brauchen, dass ihre kleine Höhle unter einem Strauch von längerem Bestand wäre?

Aber warum sollte *sie* weichen; *sie* war schon immer hier am Sandstrand. – Bis dann auf einmal so viele Menschen kamen.

Klaus Begier hing noch seinen Gedanken nach, als Sabine aus dem Meer direkt auf ihn zukam. So, wie sie war, gefiel sie ihm ausnahmslos gut. Das nasse T-Shirt, das ihre Schultern und den Rücken beim Schnorcheln vor der direkten Sonne schützte, klebte an ihrem Oberkörper, der

183

Bikini darunter hatte geschmackvolle Farben. Als Sabine seine Blicke auf ihrem Körper spürte, zog sie am T-Shirt, so dass es nicht mehr anlag: *„Sie können es wohl gar nicht mehr aushalten, wie?"*, fragte Sabine.

„Wie meinen Sie das?", fragte Klaus Begier verdattert, sich der Zweideutigkeit ihrer Frage wohl bewusst.

„Ich meine, ... bis zum Abendessen?"

„Der Tag ist noch so lang. Für mich unerträglich lang. Außerdem sind es nur noch wenige Tage bis zur Abreise."

„Und ... Sie wollten mir noch einen Ratschlag mit auf den Weg geben."

„Ach, lassen wir das doch. – Erzählen Sie lieber von sich."

Sabine spulte ihre Kurzfassung herunter.

„Deshalb sind Sie so kratzbürstig zu mir. Aber hier können Sie endlich mal sein, wie Sie sind! Es steht kein Chef hinter Ihnen."

„Mag sein, dass es kratzbürstig ankommt. Ich will nur nicht wie Freiwild genommen wer-

den vor einer grauen Kulisse abgestorbener Korallen."

„Aber im Ernst", sagte Klaus Begier, „die grauen Korallen habe ich schon fotografiert. Und nachts die Müll-Boote mit Datum und Uhrzeit im Bild festgehalten. In Netzen wird der Müll versenkt. Nur halten die Netze nicht ewig; und was leicht ist, schwimmt irgendwann an der Oberfläche und folgt der Strömung. – In der letzten Woche war ich zu einem Ausflug mit, als es hieß: Baden am Strand einer unbewohnten Insel. – Als die Insel ganz nah war, wollte keiner vom Boot runter: Überall schwamm Müll."

„Also zurück?"

„Nein, weiter. Da *die* die Strömung hier kennen, sind sie zur nächsten Insel gefahren. – War dem Veranstalter sehr peinlich!"

„Und das Rohr? Haben Sie es fotografiert? – Hinter dem Riff sind leckere Sachen zu sehen."

„Da will ich noch hin, muss aber aufpassen; solche Fotos sind nicht erwünscht. – Wenn ich von *Ihnen* ein paar Bilder machen könnte, würde sich die Zahl der kritischen Fotos relativieren."

"Sie würden mich kritiklos fotografieren?"

Wieder war ein Lächeln auf beiden Gesichtern. Klaus sah sie an, schaute dann aufs Meer und sagte: „Eigentlich ist es doch schön hier. Das Wetter stimmt, ich habe eine nette Gesprächspartnerin an meiner Seite – und das alles quasi umsonst."

„Wie? – Können Sie das hier als Dienstreise abrechnen?", wunderte sich Sabine.

„Nein, aber diese Reise hat mir im weitesten Sinne eine Kundin finanziert. Sie hatte mal ihr Kennwort vergessen ..."

Sabine fühlte sich wie von einem Stromschlag berührt. *Ihr* war das auch schon mal passiert.

„Sie wollte über ihr angelegtes Geld verfügen", sagte Klaus Begier.

„Verstehe. Und ohne Kennwort läuft bei

Ihnen nichts. – Aber man hätte doch ein neues Kennwort verabreden können", meinte Sabine.

„Im Prinzip ja. Aber die Kundin hatte sich so sehr über sich selbst geärgert! … Sie wollte partout warten, bis es ihr wieder einfallen würde. Aufgeschrieben hatte sie es sich nicht."

„Und wie ging die Sache weiter?"

„Ich habe ihr helfen wollen, habe ihr den Anfangsbuchstaben gesagt: Ein *K*. Dann wollte sie noch die Anzahl der Silben oder die Anzahl der Buchstaben wissen …"

„Ein Wort mit K …?"

„Das erraten Sie nie. Das kann man gar nicht erraten."

„Aber halt! – Nennen Sie es bitte nicht. Ich kann mir doch mal ein Wort mit K ausdenken."

„Sicher. Wäre ein toller Spaß."

„Und wie ging die Sache weiter?"

„Nun. Die Kundin wollte im Mai über ihr Geld verfügen, wollte ihre Anteile an einem Fonds verkaufen. Ein völlig richtiger Ansatz, denn im Mai sind oft die Kurse hoch. Ohne ihr Wissen habe ich, quasi in ihrem Auftrag, die Anteile tatsächlich verkauft und den Gegenwert auf einem Konto geparkt. Über den Sommer fielen die Kurse tatsächlich … und als sich die Kundin im Herbst mit dem richtigen Kennwort meldete, habe ich genauso viele Anteile zu einem viel günstigeren Kurs wieder gekauft, in ihr Depot gelegt und die Zwischenbelege vernichtet. Ihr Auftrag lautete noch immer: Verkaufen. Für ihre Anteile bekam sie aber im Oktober viel weniger."

„*Vielleicht brauchte sie das Geld; auch noch im Herbst.*"

„Mag ja sein. Aber die Differenz machte einige Tausender aus …"

„*Die ihr verloren gingen, richtig? Weil ihr im Mai das Kennwort nicht einfiel.*"

„Genau. Und mit diesem Gewinn konnte ich mir locker diesen Urlaub finanzieren."

„Doch ein cleveres Kerlchen! – An der Quelle saß der Gauner."

„Ein ganz kleiner aber nur. Ich bin wirklich nur ein kleiner Fisch."

„Und gar kein schlechtes Gewissen?"

„Wieso? Es verlief alles nach den ausgemachten Spielregeln. – Und wenn ich erst mal aufgestiegen bin und Bonuszahlungen bekomme … Mit Geld jonglieren, reich werden mit dem Vermögen anderer; ohne Gefahr, selbst arm zu werden. Ich würde mich jetzt eher als *in der embryonalen Phase befindend* bezeichnen; eher mini-clever."

Sabine wandte sich ab, blickte aufs Meer und dachte: So einen Zufall sollte es geben?

„Kasimir!", sagte Sabine plötzlich und drehte sich wieder zu ihm. *„Ist das das Kennwort?"*

Amüsiert schüttelte Klaus seinen Kopf. „Nein, kein Kasimir."

Sabine spielte ihre Enttäuschung herunter, fragte: *„Und die Moral?"*

„Und die Moral von der Geschicht'? – Vergiss dein Kennwort niemals nicht!"

„Sehr witzig! – Die Moral bleibt auf der Strecke."

„Ach was", sagte Klaus Begier. „Wollen wir morgen eine Inseltour machen? Ich lade Sie ein, soviel wirft der Gewinn ab."

Sabine nickte zustimmend. Sie blickte dabei aufs Meer und dachte daran, dass sie ihr Kennwort auch mal vergessen hatte. Es wollte ihr damals nicht einfallen. Ihr Kennwort hieß *Kalkbrenner*. Das könnte im Mai gewesen sein. Aber dass daraus jemand Geld machen würde, hätte sie nie für möglich gehalten. Mit einem Mal verlor sie ihre Sympathie für Klaus Begier; obwohl noch gar nicht erwiesen war, dass *er* sie geprellt hatte. Begier, Begier. Was ist das für ein Name, dachte sie sich. Der ist doch total gierig. Geldgierig. – Sie ging wieder ins seichte Wasser schnorcheln und merkte, wie leicht es ihr fiel, ihn einfach am Strand sitzen zu lassen.

Nach dem Abendbrot suchte Klaus Begier erneut das Gespräch. Sabines Verstimmung hatte er bemerkt, konnte sie aber nicht einordnen. Er war sich keiner Schuld bewusst. Ohne zu ahnen, dass dies gerade der wunde Punkt war, begann er: „Na, kennen Sie ein Wörtchen mit *K?*"

„Kalksandstein?", fragte sie.

Als Klaus das Wort hörte, zuckte er kurz zusammen. Die erste Silbe stimmte überein; aber die anderen beiden nicht. Immerhin – es waren drei Silben.

„Heiß, heiß, verdammt heiß sogar! Sie sind ganz nah dran. Können Sie in meinen Gedanken lesen?"

„Nein, natürlich nicht", antwortete Sabine, „aber lassen Sie mich weiterraten. Ich bin mir eigentlich sicher, dass ich das Wort herausfinden werde. Morgen vielleicht."

Abends lag Sabine im Bett und dachte noch immer über die Geschichte mit dem

Kennwort nach. Wenn es tatsächlich *ihre* Geschichte war, dann hatte er sich an ihr bereichert, dann hatte *sie* seinen Urlaub hier finanziert. Von Gaunereien, Betrug, Steuerhinterziehung, Schwarzgeldern und Geldwäsche hatte sie schon mehr als genug gehört und immer verabscheut. Jetzt jedoch wurde es persönlich. Sie überlegte, ob sie unter diesen Umständen seine Einladung zum Insel-Springen am nächsten Tag ablehnen sollte. Vielleicht entscheiden andere für sie, denn mindestens sechs Personen sollten es sein, und dann müsste auch noch das Wetter mitspielen.

Nach dem Frühstück stand fest, dass das Insel-Springen stattfinden kann. Es hatten sich genau sechs Interessierte gemeldet. Zwei Japaner, zwei Engländer sowie Klaus und Sabine. Nun suchte die Reiseleiterin, die auf den Namen Peggy hörte und gerade ihren zwanzigsten Geburtstag hinter sich hatte, einen zweiten Matrosen. Einer hantierte schon am Boot. Es war eine größere *Nussschale* mit Motor. Auf dem Boden stand Wasser und das Dach war ein mit einer Plane bespanntes Drahtgestell. Vertrauen ging von diesem Boot nicht aus; wenn überhaupt, dann vom Bootsmann, der mit diesen Bedingungen, sicherlich schon Jahre, *(über)*lebte. Mit geübten Händen startete er den Motor, horchte auf dessen Geräusch, schöpfte Wasser aus dem Boot und begann mit dem Warten. Auf seinem T-Shirt stand: *US Air Force*, ein hohes Ziel. Es war nicht einmal die *US-Marine*, mit der er sich zufriedengab. Verständlich, dass er traurig übers Meer sah. – Der Himmel war ausnahmsweise mal bedeckt. Somit würden die sechs Reisewilligen wenigstens keinen Sonnentag versäumen.

Der Bootsmann erkannte Klaus Begier und grüßte: „Hallo, *Foto-Mann.*" Klaus lächelte zurück und setzte sich mit Sabine an die rechte Seite des Bootes. Einfache Bretter waren längs an den Bootsrand geschraubt und dienten als Sitz. Und unter ihnen ein Rettungsring. Aber keine Schwimmwesten. Nun ja, es war schön warm; wird schon!

Die sechs Ausflügler verteilten sich: vier auf der einen Seite, zwei auf der anderen – und schon lag das Boot schief. In der Mitte des Bootes standen die Getränke, lag das Werkzeug.

Das Tagesziel waren drei andere Inseln. Und zum Einbruch der Dunkelheit wollten und mussten sie wieder zurück sein, denn bereits in der kurzen Dämmerung waren die vielen Riffe einfach nicht mehr zu sehen; technische Hilfsmittel gab es nicht. Der Bootsmann musste sich auf seine Augen und seine jahrelange Erfahrung verlassen, und die sich ihm auslieferten, auf ihn. Da war ein freundliches Lächeln schon mal angebracht. Als Peggy endlich mit dem zweiten Bootsmann auftauchte, konnte die Tour beginnen. Der Motor lief gut, die Leinen wurden eingeholt und los ging es. Einfach weg. Bis zum Horizont war keine weitere Insel zu sehen. Klaus hatte den Eindruck, dass hier im Indischen Ozean die Erde besonders gekrümmt sei, der Horizont also gar nicht so weit weg war.

Der erste Bootsmann hatte das Sagen auf dem kleinen Schiff. Er sah zur Sonne und auf die Uhr und bestimmte so die Fahrtrichtung. Vorerst immer geradeaus. Inzwischen waren sie schon einmal bis zum Horizont gefahren und *ihre* Urlaubsinsel lag weit zurück. Ringsum nur Wasser. Vor ihnen und hinter ihnen. Überall nur Wasser. Der Ozean war ruhig, aber vorne, am *neuen* Horizont, schien die Wolkendecke etwas dunkler zu sein.

Nach etwa 90 Minuten Fahrtzeit tauchten endlich Inseln auf. Die ersten beiden wurden mit Nichtachtung gewürdigt; sie seien zu klein und unbewohnt, meinte Peggy. Sie wollte zur nächstgrößeren. Dort gab es sogar eine gemauerte Hafeneinfahrt; eine Touristeninsel, aber eine der besseren Art. Willkommen waren die Ausflügler nicht, zumal nicht angemeldet. Die Dame an der Rezeption war reserviert, erlaubte den Neugierigen gerade mal einen Rundgang. Ein Zimmer könne auch nicht besichtigt werden, da alle belegt seien. Peggy erklärte, dass hier die Ausstattung luxuriöser sei, und deshalb der Aufenthalt viel teurer. Hier kämen fast ausschließlich italienische Gäste her. Klaus holte seinen Fotoapparat hervor und richtete ihn auf diese Gäste. Als er zum Fotoschießen bereit war, standen die Italiener auf und gingen weg.

Es setzte leichter Regen ein.

Die nächste Insel war in Sichtweite. Mit ihrem Boot brauchten sie trotzdem eine gute halbe Stunde, obwohl sie vom stärker werdenden Wind Unterstützung bekamen.

Die Landung war nicht einfach. Es gab keine gemauerte Einfahrt, ein paar Pfähle und Bretter bildeten den viel zu kurzen Landungssteg. Bei dem Spiel der Wellen erforderte es großes Geschick. Aber dann war es geschafft. Die herbeigeeilten Bewohner halfen den Fremden, ihre Insel zu betreten, indem sie ihnen vom Steg aus die Hand reichten.

Der erste Bootsmann entschied, etwas weiter draußen zu ankern. – Das Schlagen des Bootes an den Steg wäre nicht gut.

Auf der Insel gab es keinen Luxus. Hier lebten ausschließlich Einheimische. Die Türen der einfach gebauten Häuser standen offen. Aber der Respekt den Leuten gegenüber erlaubte selbst Klaus Begier nur einen Blick hinein, ohne zu fotografieren. Dafür versuchte er, die Kinder auf den Wegen im Bild festzuhalten. Sie lachten offen in die Kamera – und kurz vor dem Abdrücken duckten sie sich blitzschnell runter.

Beim zweiten Versuch überlistete Klaus die Kinder: Er sah zunächst durch den Apparat, dann *über* die Kamera und löste aus. Jetzt freute sich der *Foto-Mann*.

Die sechs Ausflügler kamen an einer seltenen Pflanze vorbei, deren Namen Peggy aber nicht kannte. Am liebsten waren ihr Alternativfragen. Dann konnte sie antworten mit *Ja, ja, ja* oder *Nein, nein, nein.*

Als schließlich ein scheues Tier über den Weg lief, folgte auf die Frage, ob es nützlich sei? *Ja, ja, ja.* Würden die Leute hier Geflügelfleisch essen? *Ja, ja, ja.* Und vorher die Eier (das Tier ähnelte einem Huhn, war aber viel größer)? *Ja, ja, ja.*

Nach diesen hochinformativen Ausführungen brachte Peggy die Gruppe zum Hauptweg der Insel. Er war breiter als all die anderen kleinen Wege und verlief in der Hauptwindrichtung. „Das hat den Vorteil, dass bei starkem Wind die meisten Insekten von der Insel regelrecht fortgepustet werden", erklärte Peggy.

Der erste Laden war geschlossen. Aber die Kinder flitzten aufgeregt in die Seitenwege und holten den Ladenbesitzer. Wenige Zeit später wurde geöffnet. Die Waren wurden aufgedeckt, an manchen Stellen Staub gewischt. Die Verkäufer warteten höflich und hofften, dass es zum Kauf kommen würde. Muscheln, Shorts, farbige Tücher, Seidenkrawatten, Sommerkleider, Geschnitztes. Was kam von hier, was aus Taiwan? Welchen Wert hatte es? Peggy war nicht zögerlich, kaufte sich ein Strandkleid aus leichtem Stoff. Der Preis, den sie zahlte, war niedriger als der ausgewiesene. Rabatt für das Bringen der Gäste.

Sabine konnte sich nicht entscheiden. Die Preise standen dran; aber sollte sie feilschen? Peggy meinte, es würde noch ein zweites Geschäft geben. Nur zwei Touristen kauften etwas. Freundlich verabschiedete man sich. Die ausgelegten Waren wurden wieder mit großen, leichten Tüchern abgedeckt, das Geschäft geschlossen.

Auf dem Hauptweg der Insel war es jetzt stürmischer. Die Palmen bogen sich und tatsächlich fiel eine Kokosnuss mit lautem Krachen herunter. Sie schlug kurz vor Klaus auf, blieb aber ganz. Er hob sie auf und nahm sie als natürliches Andenken mit. Die Nachricht, dass Gäste auf der Insel waren, verbreitete sich schnell. Am zweiten Laden angekommen, wurde auch dieser geöffnet und die Waren aufgedeckt. Ups, ein bekanntes Gesicht? Der Verkäufer war doch aus dem *ersten* Laden. Man lächelte sich zu, jetzt noch herzlicher. Auf der Insel gehörten alle zu einer großen Familie. Somit hatte sich der Preisvergleich erledigt. Man kaufte aus Höflichkeit: Eine Seidenkrawatte mit Delphinen, eine Muschel, ein Tuch, zwei geschnitzte Figuren. Es ging nicht um den tatsächlichen Wert in Dollar; mit jedem Kauf wurden die Einheimischen unterstützt.

Peggy führte die Gruppe bis zum Ende der Insel. Hier wurde der Strand an einer ruhigen Stelle *gestaltet.* In vielleicht 15 Meter Entfernung lagen große Betonteile im Meer, sehr dicht nebeneinander. Sie sollten das Meer aufhalten, es beruhigen. Mit etwas Phantasie ähnelte es einer Mole. Der Streifen bis zur Insel wurde mit Abfällen aller Art aufgefüllt. Es war ihre Müllkippe, und sie schützten so ihre Insel vor dem weiteren Abtragen. Klaus versuchte, diese Zusammenhänge genauestens im Bild festzuhalten. Zwischenzeitig schüttelte er immer wieder seinen Kopf. Das Wasser war hier bereits verfärbt und roch unangenehm durch das ständige Umspülen der Abfälle. Der Ölfilm schien hier keinen zu stören. Die Landgewinnung hatte Vorrang.

Auf dem Rückweg bemerkte Klaus: „Sie sind alle so freundlich."

„Ja," antwortete Peggy, „sie leben hier

sehr einfach, kennen keinen Stress, haben es gut, freuen sich über jeden Dollar."

Vom Landungssteg aus sahen sie das Boot, es schaukelte etwa 50 Meter vor der Küste. Peggy winkte, doch auf dem Boot bemerkte sie niemand. Sie fluchte auf Holländisch. Nun winkten alle und wedelten mit den neu gekauften Tüchern. Es tat sich nichts. Der Ladenbesitzer kam zum Steg und bot seine Gastfreundschaft an: „You can stay here. No problem."

„Nein, nein, nein", antwortete Peggy. Dann endlich auf dem Boot eine Reaktion. Die Schiffsjungen versuchten, mit dem schaukelnden Boot die Durchfahrt zwischen den Riffen zu finden. Beim zweiten Versuch gelang es ihnen. Doch plötzlich saßen sie auf einer Sandbank fest. Mit der nächsten größeren Welle kamen sie wieder los, aber nun streikten die beiden und brachen den Landungsversuch ab. Der Ladenbesitzer kannte noch eine andere Stelle …

Die Zeit drängte, Peggy wurde unruhig; der lange Heimweg gegen den Wind und der Besuch der dritten Insel standen noch auf dem Programm. *Picknick auf einer unbewohnten Insel*. Vorbereitet wurde es von einem anderen Trupp.

Die Schiffsjungen manövrierten inzwischen das Boot zum seichten Sandstrand. Dort machte die Gruppe von sich gegenseitig Fotos: Palmen, weißer Strand, hohe Wellen und davor zwei Japaner, zum Beispiel. Der Wind spielte mit den T-Shirts und den Haaren, es war angenehm warm.

Als das Boot endlich heran war, half man sich gegenseitig beim Einsteigen. Den letzten Gast schob der Ladenbesitzer ins Boot. Auch Klaus atmete auf, als sei jetzt bereits das Schlimmste überstanden; doch vor ihnen lagen noch die Klippen und der lange Weg übers offene Meer.

„In zwei Stunden können wir zurück sein", sagte Klaus zu Sabine.

Peggy, die das hörte, sagte: „Es wird wohl etwas länger dauern. Wir müssen gegen den Wind!"

„Wo liegt eigentlich die dritte Insel?", fragte Sabine.

„Die liegt hinter unserer, wir müssen also erst einmal zurück", sagte Peggy.

„Na, dann haben wir ja ein klares Ziel vor Augen", meinte Klaus. „We go back. In two or three hours we can eat as much as we can. The third island is near our island", sagte Klaus zu den anderen.

Wie zur Bestätigung nickten alle.

„*Kalksander*", sagte Sabine ohne Ankündigung zu Klaus.

Dieser sah sie lächelnd an: „Sie sind sehr nah dran; nur das *erraten* Sie nicht. – Aber ich will gern helfen: Immerhin stimmt die erste Silbe. – Alle Achtung!"

Nach einer halben Stunde Fahrt sah Sabine starr auf das Meer. Sie suchte einen festen Punkt. Es gab keinen. Es waren bestimmt zwei Meter Unterschied, vom höchsten Punkt auf der Welle bis zum niedrigsten. Fester Boden unter den Füßen wäre allen lieber.

Bei dem ständigen Auf und Ab war das Boot nicht mehr in voller Länge im Wasser. War das Heck draußen, heulte der Motor auf.

An die Schaukelei hatten sich inzwischen alle gewöhnt. Aber um den Kurs zu halten, musste der erste Bootsmann etwas seitwärts gegen den Wind fahren. Der Wind drückte das Boot auf den eigentlich gewünschten Kurs zurück. Noch dunklere Wolken zogen auf, aus dem Wind wurde ein gewaltiger Sturm. Das Meer riss immer wieder seinen Rachen auf und wollte das kleine Boot verschlingen. Holz schlug auf Wasser, Wasser gegen Holz. Es krachte und knackte. Es war nur noch eine Frage der Zeit, bis es zerbrechen würde. Von der Seite wurde mit jedem neuen Wellenschlag

Wasser ins Boot geschüttet. Der zweite Schiffsjunge kam mit dem Ausschöpfen nicht mehr nach, nun halfen alle mit. Das Wasser im Boot stieg trotzdem. Nass waren sowieso schon alle bis auf die Haut. Die Höhenunterschiede der Bootsnase betrugen jetzt circa drei Meter. Die schon blassen Japaner wurden noch stiller, sie sahen elend aus und hielten sich aneinander fest. Der Motor begann zu stottern, doch die Richtung musste gehalten werden, immer etwas gegen die Wellen. Eine Fahrt mit den Wellen oder gar ein Umkehren würde das Boot untergehen lassen.

In dieser Situation wünschten sich alle nur noch: Möge das Boot halten!

Erst jetzt merkte Klaus Begier, dass der Motor gar nicht stotterte. Der erste Bootsmann machte ihn immer kurz aus, damit er nicht heiß lief, wenn er in der Luft hing. Klaus begeisterte die Situation so sehr, dass er davon unbedingt Fotos machen wollte.

Dazu musste er jedoch von seinem Platz bis zum Bug wanken. Nur von dort war ein Bild mit den beiden Schiffsjungen vor der Wasserwand möglich. Kaum hatte er sich erhoben, schlug eine hohe Welle über das Boot und riss ihn mit. Geistesgegenwärtig versuchte Sabine ihn zu halten. Sie erwischte gerade noch seine Hand. Mit dem anderen Arm wollte er sich an der Bootskante festhalten, rutschte aber ab. In diesem Augenblick rief Sabine ihm den Namen *Kalkbrenner* zu. Über das richtige Kennwort war Klaus so entsetzt, dass er vor Schreck ihre Hand losließ und rief: „Dann sind *Sie* diese Frau?"

Den kurzen Wortwechsel hatte bei dem Sturm keiner verstanden. Sabine brüllte: *„Wir müssen drehen. Mann über Bord!"*

„Nein, nein, nein. Drehen geht nicht. One or all!", schrie Peggy in die Runde. Die Japaner blickten sie flehend an … Der einzige Rettungsring wurde schnell geworfen;

doch war er an keinem Seil und verfehlte sein Ziel. Alle sahen gespannt zurück. In den meterhohen Wellen war nichts mehr vom *Foto-Mann* zu sehen. Das Meer hatte ihn längst aufgenommen.

Das Boot setzte die Fahrt fort, ohne vom Kurs abzuweichen. Bei jedem Schlag der Wellen krachte es. Alle klammerten sich fest. Die Fahrt dauerte noch über eine Stunde. Dann rissen die Wolken auf, der Himmel wurde heller, und wenig später setzte bereits die kurze Dämmerung ein.

Endlich war die Heimatinsel erreicht. Obwohl sich die See beruhigt hatte, wollte keiner mehr zur dritten Insel. Nur noch zurück an Land.

Man war auf einmal mit so wenig Boden unter den Füßen zufrieden …

Nachwort

Das waren sämtliche Neulich-Geschichten aus zwei Jahrhunderten von mir. Das hört sich komisch an, stimmt aber, denn *Das Kennwort* schrieb ich im Jahre 1998 (also noch im zwanzigsten Jahrhundert). Die anderen sind jüngeren Datums und entstanden somit im einundzwanzigsten Jahrhundert …

Ja, dieser Klaus Begier … Namen und Handlungen sind natürlich, wie auch in allen anderen Geschichten, frei erfunden. Nur die Inseln gibt es wirklich. Es sei mir die detailgetreue Beschreibung verziehen; ich hoffe nur, dass sich zwischenzeitlich einiges verbessert hat (aber eine Abwasser-aufbereitung wird es wohl nach wie vor nicht geben). Ach ja, dann habe ich an den aufmerksamen Leser eine Frage: Wie heißt Sabine mit Nachnamen? Er wird nur ein-mal in *Das Kennwort* genannt.

Die Antwort bitte gerne per E-Mail an mich. Ich bin erreichbar über

roald.dahl@gmx.de (wirklich).

Sabines Nachname beginnt (natürlich) auch mit einem *K*. Diesen Scherz habe ich mir erlaubt.

Neben dieser etwas längeren Geschichte haben es die kurzen Stories, Gedanken-splitter, Notizen, Beobachtungen und Tex-te etwas leichter, da der Trend zum Kürze-ren anhält. Die Ablenkung um uns herum ist einfach zu groß und der längeren Kon-zentration abträglich.

Nun zum Cover des Büchleins: Da mag ich klare Ansagen, so wie bei den vorange-gangenen Büchern (vgl. Umschlagrückseite). Die Gestaltung ähnelt sehr; und jeder weiß bei dieser Aufmachung: ah, das ist wieder ein Jeske.

Im vorliegenden Buch ist *das Böse* raus. Deshalb: Ja, Jeske kann auch anders. Nun sind es „25 Texte" (ich achte darauf, dass die Anzahl der Geschichten immer eine andere ist; alles nur für den geneigten Leser).

… und *Texte* stimmt immer. Alles sind Texte. Auch ein Einkaufszettel ist ein Text. Gefallen hat mir das X in dem Wörtchen *Texte*. So kann man den Titel auch verstehen als „*25 x Neulich*". Ja und dann sind die (ich bleibe mal bei dem Wörtchen) Texte so lebensnah, dass jeder sagen kann: Das kenne ich, habe Ähnliches genau so erlebt; oder passierte es doch einem Freund von mir?

So entstand der Untertitel: „*Neulich dem Alltag abgelauscht*".

Wenn dieses Buch Ihnen gefallen hat,

dann sagen Sie es bitte weiter, auch dass der Jeske *nicht* immer nur böse daherkommt.

Ich versichere jedem Sammler, dass keine weiteren Neulich-Geschichten folgen werden, und dieses Buch, dass Sie hoffentlich Ihr Eigen nennen, ein ganz wertvoller Schatz ist. Stellen Sie sich nur mal vor, ich werde eines Tages berühmt. Dann besitzen Sie den ersten (und einzigen) Band mit sämtlichen Neulich-Geschichten von mir!

Danken möchte ich allen, die an der Entstehung des Buches beteiligt waren ... eigentlich fällt mir da nur meine liebe Frau ein. Ohne ihre Unterstützung, Geduld und Zeit, die sie mir ließ, gäbe es dieses sehr persönliche Buch nicht.

Bedanken möchte ich mich natürlich auch bei allen Probelesern, die mir wertvolle Rückmeldungen gaben.

Ausblick

Es folgt der Beginn einer pikanten Geschichte des kleinen Angestellten
Julius Zeh.
Sie erscheint im nächsten Band, angekündigt für das Jahr 2026.

Julius Zeh

Obwohl Julius Zeh abends noch einen Termin in Berlin-Mitte hatte, blieb er etwas länger in seinem Büro und wartete, bis die letzten Schritte auf dem Flur verhallt waren. Dann trat er mit einem Kreuz-Schlitz-Schraubendreher bewaffnet aus seinem Zimmer. Das Schild neben der Tür nervte ihn seit geraumer Zeit. Es musste, laut Vorschrift, Auskunft geben über seinen Namen und das Fachgebiet, das er bearbeitete. Morgen, am Dienstag, war Bürgersprechstunde und jeder, der zu ihm wollte, sprach ihn auf seinen Namen an; ob denn die Juli seine Tochter wäre. Da er diese

Frage nicht mehr hören wollte, schraubte er kurzerhand sein Schild für einen Tag ab. Die Zimmernummer musste reichen für die Erfüllung seiner behördlichen Aufgaben.

Bis auf diese kleine Spezialität war Julius Zeh ein angenehmer, zuvorkommender und vor allem kompetenter Kollege, der von vielen gemocht wurde. Er selbst fand sich auch gut und verstand es nicht, wenn sich jemand von ihm abwandte. So geschehen vor einem Jahr, als seine Frau ihn verließ.

Die hinterlassene Lücke war groß, waren sie doch ein eingespieltes Team, der eine tat, was der andere mochte, aber nicht mehr konnte und umgekehrt. Pikant wurde es nun im intimen Bereich. Eine neue Vertrauensperson wurde gebraucht, die in die geheimen Wünsche des Julius Zeh eingeführt werden musste. Das Finden einer geeigneten Person war äußerst schwierig ...